Thomas De Quincey

Bekenntnisse eines

englischen Opiumessers

Übersetzt von Leopold Heinemann

Thomas De Quincey: Bekenntnisse eines englischen Opiumessers

Übersetzt von Leopold Heinemann.

Confessions of an English Opium-Eater. Erstdruck: 1821 in zwei Teilen im »London Magazine«, 1822 in Buchform. Hier in der Übersetzung von Leopold Heinemann, Berlin, Weltgeist-Bücher Verl.-Ges., 1927.

Neuausgabe
Herausgegeben von Karl-Maria Guth
Berlin 2017

Umschlaggestaltung von Thomas Schultz-Overhage unter Verwendung des Bildes: Sir John Watson-Gordon, Porträt des Thomas De Quincey, undatiert.

Gesetzt aus der Minion Pro, 11 pt

Verlag: Henricus - Edition Deutsche Klassik GmbH
Mörchinger Str. 33, 14169 Berlin, info@henricus-verlag.de
Druck: Libri Plureos GmbH, Friedensallee 273, 22763 Hamburg

ISBN 978-3-7437-0744-3

Bibliografische Information der Deutschen Nationalbibliothek

Die Deutsche Nationalbibliothek verzeichnet diese Publikation in der Deutschen Nationalbibliografie; detaillierte bibliografische Daten sind im Internet über www.dnb.de abrufbar.

1.

Man hat mich oft danach gefragt, wie es kam, daß ich gewohnheitsmäßiger Opiumesser wurde. Viel habe ich unter der Anschauung der Leute gelitten, die mir die Schuld an der langen Kette von Leiden, die ich durchzumachen hatte, selbst beimaßen und behaupteten, daß ich sie durch den Mißbrauch des Opiums selbst verschuldete, weil ich mir lediglich künstliche und angenehme Erregungen hätte verschaffen wollen. Das stimmt nicht. – Wohl habe ich zehn Jahre lang Opium lediglich des Genusses wegen genommen. Solange ich es aber nur in dieser Absicht nahm, war ich vor üblen Folgen bewahrt, weil ich zwischen den einzelnen Malen immer größere Pausen machen mußte, wenn der Erfolg mir angenehme Lustgefühle verschaffen sollte. Als ich begann, Opium regelmäßig zu nehmen, geschah es nicht um des Genusses willen, sondern um qualvolle Schmerzen zu lindern. Als ich achtundzwanzig Jahre alt war, erkrankte ich von neuem an einem schmerzhaften Magenleiden, an dem ich bereits zehn Jahre vorher einmal gelitten hatte. Durch furchtbares Hungern war in meinen Knabenjahren der Grund zu dieser Krankheit gelegt worden. In den hoffnungsvollen Jahren neu erblühenden Glückes zwischen meinem achtzehnten und vierundzwanzigsten Lebensjahre war sie nicht wieder aufgetreten, in den drei folgenden Jahren belästigte sie mich hin und wieder, und schließlich trat sie, unter allerlei ungünstigen Umständen, von denen der schlimmste eine andauernde seelische Depression war, wieder mit solcher Heftigkeit auf, daß sie keinem anderen Linderungsmittel als dem Opium zu weichen vermochte. Da die Jugendleiden, die dies alles zur Folge hatten, sowohl an sich als auch durch die Begleitumstände interessant sind, will ich sie hier kurz berichten:

Mein Vater starb, als ich fast sieben Jahre alt war, und hinterließ mich der Sorge von vier Vormündern. Ich wurde auf verschiedene Schulen – bedeutende und weniger bemerkenswerte – geschickt, an denen ich mich bald eines guten Rufes wegen meiner Kenntnisse der klassischen Literatur, insbesondere aber im Griechischen, erfreute. Griechisch schrieb ich mit dreizehn Jahren mit Leichtigkeit, und mit fünfzehn war ich bereits so weit, daß ich nicht allein lyrische Verse in dieser Sprache schreiben konnte, sondern sie geläufig und ohne

Anstoß zu sprechen vermochte. Das war eine Fähigkeit, die ich bei keinem anderen Mitschüler beobachtet habe. Ich verdankte sie der Gewohnheit, die Tageszeitungen extemporierend ins Griechische zu übersetzen; die Notwendigkeit, selbst aus der Phantasie allerlei Ausdrücke zu schaffen für moderne Begriffe, die sich in keinem Wörterbuche finden ließen, verhalf mir zu einem solch reichen, fließenden Stil, wie ich ihn durch Übersetzung langweiliger moralischer Essays nie mir angeeignet haben würde. Einmal stellte mich einer meiner Lehrer einem Fremden vor: »Dieser Knabe könnte an eine athenische Volksmenge eine bessere Ansprache halten als Sie oder ich an eine englische!« Der Herr, der mir dieses Lob spendete, war ein Gelehrter und von all meinen Vormündern der einzige, den ich liebte und verehrte. Leider – und wie ich später erfuhr, zum besonderen Leidwesen dieses tüchtigen Mannes – vertraute man mich bald darauf der Sorge eines Nichtswissers an, der beständig in der Angst lebte, seine Unwissenheit könne durch mich zutage kommen. Schließlich sollte ich von einem alten Gelehrten erzogen werden, der Leiter einer großen, altberühmten Schule war. Dieser Mann war von einem Oxforder College zu seiner Stellung befördert worden und war ebenso gesund und vierschrötig wie plump, rauh und ungeschliffen; er bildete einen unangenehmen Gegensatz zu der Etoner Vornehmheit meines verflossenen hochverehrten Lehrers. In dieser Schule waren bedauerlicherweise fast alle Lehrer so wie der Leiter. Es ist eine böse Sache, wenn ein Knabe seinen Lehrern sowohl an Wissen als an Urteilsfähigkeit überlegen ist – und besonders schlimm ist es, wenn er selber das weiß. Das war bei mir der Fall, und nicht ich allein, sondern auch die beiden Knaben, mit denen ich gemeinsam die erste Abteilung der Klasse bildete, waren bessere Griechen als der Rektor – wenn sie auch nicht eben sonst besonders gute Schüler waren. Als ich eintrat, lasen wir gerade den Sophokles. Da hatten wir stets das Vergnügen, zu beobachten, wie unser »Archididaskalos« – wie er sich gern nennen hörte – vor der Stunde immer mit Lexikon und Grammatik das Pensum regelrecht präparierte, um nur nicht von den Schwierigkeiten in den Chören überrumpelt zu werden. Wir dagegen pflegten unsere Bücher nie vor dem Beginn der Stunde auch nur einmal aufzuschlagen, sondern vertrieben uns die Zeit damit, Spottverse auf seine Perücke oder auf ähnlich wichtige Dinge zu verfassen. Meine beiden Klassenkameraden waren arm, und ihre

Zukunft an der Universität hing von den Empfehlungen des Rektors ab. Ich dagegen besaß ein kleines Erbteil, dessen Zinsen genügten, mich für meine Studienjahre sicherzustellen. So wünschte ich nichts sehnlicher, als bald die Hochschule beziehen zu können. Ich machte meinen Vormündern mancherlei briefliche Vorstellungen. Es war alles erfolglos. Der eine, der ein weitsichtiger, weltgewandter Mann war, lebte zu weit entfernt; die beiden anderen überließen alles der Entscheidung des vierten, und gerade der war ein eigenwilliger Mann, der sich nichts sagen ließ und immer nur seinen Willen durchzusetzen wünschte. Nach vielen Briefen und Bitten wurde mir klar, daß ich von meinem Vormunde nichts zu erhoffen hätte. Er verlangte unbedingten Gehorsam. So beschloß ich, auf andere Wege zu denken. Schnell kam der Sommer und mit ihm mein siebzehnter Geburtstag heran – der Tag, zu dem ich mir geschworen hatte, nicht länger als Schulbub gezählt werden zu wollen. Geld war das Wichtigste, was ich brauchte; deshalb schrieb ich an eine vornehme Dame meiner Bekanntschaft und bat sie, mir fünf Pfund zu »leihen«. Als nach einer Woche immer noch keine Antwort da war, begann ich schon zu verzweifeln; da brachte mir ein Diener einen großen Brief mit einer Krone auf dem Siegel. Der Brief war freundlich und nett. Die Schreiberin befand sich gerade in einem Seebade, und deshalb hatte sich die Antwort verzögert. Sie sandte mir doppelt soviel, als ich verlangt hatte, und deutete schalkhaft an, daß »es auch nicht gerade ihr Ruin sein würde«, wenn ich ihr das Geld überhaupt nicht zurückerstatten könne. Nun konnte ich meinen Plan ausführen. Die zehn Goldstücke, und zwei von meinem Taschengelde ersparte, die ich außerdem noch besaß, schienen mir für ziemlich lange Zeit zu genügen: In diesem glücklichen Alter, in dem man noch keine bestimmten Grenzen kennt, die dem eigenen Wollen entgegenstehen, rückt der Geist der Hoffnung und Erwartung Grenzen ja tatsächlich in unabsehbare Ferne.

»Wenn man etwas lange Zeit gewohnheitsmäßig verrichtet hat und es dann einmal bewußt zum letzten Male tut, dann empfindet man eine gewisse Trauer« – hat Ben Johnson einmal geschrieben. Die Wahrheit dieser Behauptung empfand ich, als ich nun die Schule verlassen sollte, diesen Ort, den ich nie geliebt hatte, an dem ich nie glücklich gewesen bin. An dem Abend, an dem ich, vor dem Abschiede für immer, zum letzten Male in dem alten hohen Schulzimmer den Abendchoral singen hörte, wurde ich plötzlich traurig. Später, als beim Namensaufruf ich – wie gewöhnlich – zuerst genannt wurde, trat ich vor und verbeugte mich wie immer vor dem Rektor, der dabeistand, sah ihm ernst ins Gesicht und dachte bei mir: »Er ist alt und gebrechlich, und in dieser Welt werde ich ihn wohl nicht wiedersehen.« – Ich habe damals richtig gedacht. Ich habe ihn nicht wiedergesehen, und ich werde ihn wohl auch nicht wiedersehen. Er blickte mich ruhig an und lächelte gutmütig, als er meinen Gruß – oder besser mein Abschiednehmen – erwiderte, und wir trennten uns – er wußte es nicht! – für immer. – Sein Verstand hatte mir nie große Achtung abgerungen. Aber er war stets freundlich zu mir und hatte mir manchmal Nachsicht erzeigt; der Gedanke an die Kränkung, die ich ihm zuzufügen im Begriffe war, machte mich nun doch ein bißchen traurig.

Der Morgen kam, der mich in die Welt sandte und von dem mein ganzes folgendes Leben in mannigfacher Hinsicht seine Färbung empfing. Ich wohnte im Hause des Rektors und genoß, seit meinem Eintritt in die Schule, den Vorzug, ein eigenes Zimmer zu bewohnen, das mir sowohl als Schlafraum wie als Arbeitszimmer diente. Um halb vier Uhr stand ich auf und blickte in tiefster Gemütserregung auf die Türme der Schulkirche, die »in frühestes Licht gekleidet« sich im Strahlenglanze eines wolkenlosen Julimorgens zu röten begannen. Ich war fest und unwandelbar in meinem Vorsatze, und doch überkam mich eine unbestimmte Ahnung von kommender Not und Gefahr; aber – wieviel mehr hätte ich mir Sorgen gemacht, hätte ich gewußt, was mir bevorstand, in welche Stürme und Unge-witter ich bald geraten sollte. Zu dieser inneren Erregung bildete die Stille des Julimorgens einen ergreifenden Kontrast, und dennoch war sie zugleich ein Beruhigungsmittel. Das Schweigen war tiefer als das der Mitternacht – und für mich ist die Stille eines Sommermor-gens rührender als jede andere Stille, weil das Licht draußen weit und stark ist, wie in anderen Jahreszeiten nur zur Mittagszeit; und doch unterscheidet es sich von wirklichem Tageslichte hauptsächlich deshalb, weil kein Mensch zu sehen ist. Der Friede der Natur und die Unschuld der Geschöpfe Gottes erscheinen so lange gesichert und beständig, als die Gegenwart von Menschen und ihre Unrast die Heiligkeit der Stille nicht stören.

Ich kleidete mich an, nahm Hut und Handschuhe und – blieb noch eine Weile zögernd stehen. Die letzten anderthalb Jahre war dieser Raum die Zufluchtsstätte meiner Gedanken gewesen. Hier hatte ich nächtelang gelesen und gearbeitet, hier hatte ich, der so viel Güte und Zärtlichkeit ersehnte, in den letzten Monaten den Kampf mit dem Vormunde geführt, meine Heiterkeit und mein Glück verloren; hier hatte ich, mitten in aller Niedergeschlagenheit, durch meine Liebe zu Büchern und durch meinen Wissensdrang manche glückselige Stunde in den vier engen Wänden genossen. Ich meinte, als ich zum letzten Male auf den Schreibtisch und den Armstuhl, den kleinen Ofen und all die lieben, vertrauten Gegenstände sah, – ich wußte, daß ich alles zum letzten Male erblickte. – Neunzehn Jahre sind seitdem verflossen, und doch sehe ich in diesem Augenblicke so deutlich, als wäre es gestern gewesen, die Linien und Umrisse eines Gegenstandes, der noch im letzten Augenblick meinen Blick gebannt hielt: Es war das Bild eines liebreizenden Mädchens, das über dem Kamin hing. Augen und Mund waren so wunderschön, das ganze Antlitz strahlte so wundervolle Ruhe aus, daß ich manchmal Buch oder Feder hingelegt hatte, um wie von einer Patronin von ihr Trost zu erbitten. Da, als ich so ganz in Gedanken versunken stand, verkündeten die tiefen Töne der Kirchenglocke, daß es vier Uhr sei. Ich stieg zu dem Bilde hoch, küßte es, und dann ging ich ganz ruhig fort und schloß die Tür hinter mir – für immer.

Die Anlässe zu Tränen und zum Lächeln sind mitunter in diesem Leben so eng verquickt, daß ich nicht ohne Heiterkeit an einen Zwischenfall, der sich an jenem Morgen zutrug, zu denken vermag, weil er beinahe der Ausführung des Planes ein sofortiges Ende gemacht hätte. Mein Koffer, der neben meinen Kleidern auch meine sämtlichen Bücher enthielt, war ein ungeheuer schweres Möbelstück. Das Kunststück war, ihn zum Spediteur zu schaffen. Mein Zimmer lag ziemlich luftig-hoch im Hause, und die Treppe, die diese Ecke mit dem Hauptbau verband, war nur durch einen Flur zu erreichen, der an des Rektors Zimmer vorbeiführte. Die Dienstboten mochten mich alle gern leiden, und da ich wußte, daß mich keiner von ihnen verraten würde und daß ich mich zuverlässig auf sie verlassen konnte, teilte ich mein Vorhaben einem Diener des Rektors mit. Dieser Kerl schwur mir, alles, was ich verlangte, zu tun und, wenn es so weit sei, heraufzukommen, um den Koffer nach unten zu befördern. Ich befürchtete zwar, daß das die Kräfte eines einzelnen Mannes übersteigen würde, aber der Diener war ein mehr als kräftiger Mann, der zudem verlangte, den Koffer allein zu tragen. Voller Angst wartete ich eine Zeitlang am Fuße der Treppe, zweifelnd, ob das Wagnis gelingen würde. Ich hörte ihn denn auch mit festen, kräftigen Schritten heruntersteigen, ganz langsam – bis er sich der gefährlichen Stelle, dem Flur, näherte. Wohl durch die Aufregung mag sein Tritt unsicher geworden sein; er glitt aus, und die gewaltige Last stürzte von seinen Schultern, donnerte mit immer zunehmender Gewalt über die Treppenstufen herunter, bis sie schließlich unten ankam und mit einem Lärm, als waren zwanzig Teufel los, gerade gegen die Schlafzimmertüre des »Archididaskalos« polterte. Da durchschoß es mich, daß ich nun verloren sei oder, wenn überhaupt noch etwas zu machen wäre, ich mein Gepäck im Stiche lassen müßte. Dann aber Zwang ich mich, den Ausgang der Sache erst einmal abzuwarten. Der Diener war sowohl wegen seiner als meiner Person recht bestürzt; doch drängte sich ihm das Gefühl für die Lächerlichkeit der Situation so unwiderstehlich auf, daß er in ein so gewaltig dröhnendes Gelächter ausbrach, daß es selbst die Siebenschläfer hätte wütend aus dem Schlafe fahren machen. Und diese Heiterkeit, so nahe den Ohren der beleidigten Autorität, wirkte so ansteckend, daß ich mit einstimmen mußte – weniger wegen der Arglist des Koffers als wegen der Wirkung, die sie auf den Diener ausübte. Wir beide hielten es für selbstverständlich, daß im nächsten Augenblicke der Doktor aus seinem Bau herausstürzen würde, denn gewöhnlich sprang er, wenn sich nur ein Mäuslein rührte, heraus wie ein Hofhund aus der Hütte. Aber seltsam, als unser Höllengelächter endlich aus war, vernahmen wir keinen Laut, nicht einmal eine Bewegung, aus dem Schlafzimmer. Der Doktor hatte ein schmerzhaftes Leiden, das ihm so oft den Schlaf raubte, daß er, wenn er wirklich doch einmal kam, dann um so fester schlief. Die Stille gab uns Mut, der Diener lud die Bürde von neuem auf die Schultern und schaffte sie vollends herunter, ohne weiteren Zwischenfall. Ich wartete, bis ich den Koffer auf den Karren geladen und auf dem Wege zum Spediteur sah, dann, mit »der Vorsehung als Wegweiser«, machte ich mich zu Fuß auf. Unterm Arm trug ich ein kleines Paket mit Wäsche. Einen englischen Lieblingsdichter trug ich in der einen und ein Duodezbändchen in der anderen Tasche – neun kleine Dramen des Euripides.

Zuerst wollte ich wegen der Vorliebe, die ich für die Gegend hatte, und aus einigen persönlichen Gründen nach Westmoreland gehen. Ein Zwischenfall gab meiner Wanderung indes eine andere Richtung, und ich lenkte meine Schritte nach North Wales.

Nachdem ich eine Zeitlang durch Denbigshire, Merionethshire und Carnarvonshire gewandert war, fand ich in einem netten kleinen Hause Unterkunft. Hier hätte ich ruhig eine Zeitlang bleiben können, denn die Lebensmittel waren, durch den Mangel an genügenden Absatzgelegenheiten, bei dem Überfluß landwirtschaftlicher Erzeugnisse sehr wohlfeil. Eine unbeabsichtigte Beleidigung, die man mir zugefügt hatte, trieb mich leider bald weiter.

Bischofsfamilien bilden die stolzeste und selbstbewußteste Schicht der englischen Gesellschaft, die ihre Ansprüche am meisten nach außen hin zu zeigen pflegt. Der wirkliche Adel schleppt in seinen Titeln eine genügende Betonung seines Ranges mit herum und genießt überall so viel Bevorzugung, daß er es nicht für nötig hält, noch besonders zu posieren. Mit den Bischofsfamilien aber ist es anders; sie leisten geradezu Schwerarbeit, um ihre Ansprüche genügend ins Licht zu setzen. Bischofskinder tragen stets eine hochmütig abweisende Miene zur Schau, haben ein »*Noli me tangere*« im Gesicht, haben eine nervöse Angst vor zu vertraulicher Annäherung und schrecken mit einer Empfindlichkeit, wie ein Gichtkranker, vor jeder Berührung mit der Plebs zurück. Zweifellos wird gesunder Verstand oder ungewöhnliche Güte einen Menschen vor solchen Schwächen bewahren können; im allgemeinen wird man aber zugeben müssen, daß ich nicht übertrieben habe. Vielleicht sind diese Familien gar nicht hochmütiger als andere, aber sie erwecken den Anschein, als wären sie es – und damit überträgt sich auch leicht ihr Benehmen auf das ihrer Diener und Untergebenen. Also: Meine biedere Wirtin in der kleinen Stadt war einmal Kindermädchen oder so etwas Ähnliches in einer Bischofsfamilie gewesen, hatte sich vor nicht allzulanger Zeit erst verheiratet und sich selbständig gemacht. In einer Kleinstadt bedeutet die Tatsache, einmal in einer Bischofsfamilie gelebt zu haben, etwas, und meine gute Wirtin besaß allerlei von dem Stolz, von dem ich eben geredet habe. Was »my lord« sagte, was »my lord« tat, wie nützlich er im Parlament wirkte und wie unersetzlich er in Oxford war, bildete den Hauptinhalt ihrer täglichen Unterhaltungen. All das ließ ich mir ganz gern gefallen, denn ich bin zu gutmütig, den Leuten ins Gesicht zu lachen, und habe auch eine kleine Schwäche für die Schwatzhaftigkeit alter Dienstboten. Tatsächlich scheint die gute Frau aber den Eindruck gehabt zu haben, daß ich nicht das nötige Verständnis für die Bedeutung ihres Bischofs aufbrachte, und vielleicht um mich zu bestrafen, berichtete sie mir eines Tages von einer Unterredung, in der ich eine Rolle gespielt hatte. Sie war eines Tages gekommen, um »Guten Tag« zu sagen, und war, da man gerade gespeist hatte, aufgefordert worden, ins Speisezimmer zu kommen. Beim Bericht über ihren jungen Hausstand hatte sie erwähnt, daß sie Zimmer vermietet hätte, und da hatte der gute Bischof sie darauf aufmerksam gemacht, daß sie bei der Wahl ihrer Mieter nur vorsichtig sein solle. »Denn, Betty«, hatte er gesagt, »unser Ort ist ein Durchgangspunkt zur Hauptstadt, und mancher irische Schwindler, der vor seinen Gläubigern nach England durchbrennt, und mancher englische, der aus demselben Grunde nach der *Isle of Man* sich flüchtet, wird vermutlich hier ab und zu sich aufhalten.« Dieser an sich sicherlich richtige Rat war wohl mehr zu Frau Bettys persönlichem Besten gegeben und nicht in der Absicht, daß sie ihn mir brühwarm wiedererzählen sollte. Was aber dann kam, war noch schlimmer. »*Oh, my lord*« – hatte die gute Frau nach ihrem eigenen Bericht gesagt, »ich glaube nicht, daß der junge Herr ein Schwindler ist, weil ...« »Sie glauben nicht, daß ich ein Schwindler bin!« unterbrach ich sie in einem Sturm von Entrüstung. »Für die Zukunft will ich Sie davor behüten, in dieser Hinsicht irgend etwas zu glauben!« und unverzüglich machte ich mich zur Abreise bereit. Die gute Frau schien nicht abgeneigt, einzulenken, aber irgendein Wort, das ich über ihren Bischof fallen ließ, erregte wieder ihren Unwillen, und jede Versöhnung wurde unmöglich. Tatsächlich war ich sehr aufgebracht über des Bischofs Manier, Argwohn gegen einen Menschen zu haben, den er nie gesehen hatte, und wollte ihm zunächst einmal gründlich meine Meinung sagen, und zwar – auf griechisch. Das sollte ihn überzeugen, daß ich kein Schwindler war, und ihn zwingen, in gleicher Sprache zu antworten, in welchem Falle, wie ich keinen Augenblick zweifelte, es sich herausstellen mußte, daß ich, wenn auch nicht so reich wie Seine Lordschaft, doch ein besserer Grieche sei. Ruhigere Überlegung brachte mich dann wieder von diesem knabenhaften Einfall ab, denn ich mußte mir sagen, daß der Bischof schließlich das Recht hätte, einer alten Dienerin einen Rat zu geben, und daß es nicht seine Schuld war, daß seine Worte mir zu Ohren gekommen waren; daß der Mangel an Zartgefühl, der Frau Betty veranlaßt hatte, sie mir zu berichten, es auch fertiggebracht hatte, diesen Worten eine Färbung zu geben, die mehr ihrer eigenen Art zu denken entsprach als der tatsächlichen Ausdrucksweise des würdigen Bischofs.

Innerhalb einer Stunde verließ ich die Wohnung, und das hatte gleich wieder unglückselige Folgen für mich, weil ich ja nun gezwungen war, in Gasthäusern zu leben – sehr zum Schaden meiner Börse. Nach Verlauf von vierzehn Tagen mußte ich mich schon auf schmale Ration setzen und mich mit einer Mahlzeit täglich begnügen. Der starke Appetit, den die tägliche Bewegung und die Bergluft hervorriefen, begann denn auch bald meinen jugendlichen Magen zu peinigen, denn das einzige Mahl, das ich ihm noch anbieten konnte, bestand aus ein wenig Kaffee oder Tee. Und gar bald konnte ich mir selbst das nicht mehr gestatten und nährte mich während der ganzen Zeit, die ich noch in Wales blieb, von Heidelbeeren, Hagebutten, Schlehen und anderen Waldfrüchten – oder aber von gelegentlicher Gastfreundschaft, die mir hin und wieder für erwiesene kleine Dienste einmal zuteil wurde. Manchmal schrieb ich Geschäftsbriefe für Kleinbauern, die zufällig in London oder in Liverpool Verwandte hatten, noch öfter Liebesbriefe für junge Mädchen, die einmal Dienstboten in Shrewsbury oder in den Städten an der englischen Küste gewesen waren, an ihre Liebhaber. Stets erfuhr ich Anerkennung bei solchen Gelegenheiten und wurde gewöhnlich durch weitgehende Gastfreundschaft belohnt. Einmal wurde ich in der Nähe eines Dorfes, Llan-y-styndw oder so ähnlich, in einem entlegenen Teile von Merionethshire von jungen Leuten drei Tage lang mit einer Freundlichkeit und Brüderlichkeit beherbergt, daß sie einen unvergänglichen Eindruck auf mein empfängliches Herz machte. Die Familie bestand aus vier Schwestern und drei Brüdern, allesamt erwachsen und sich durch feinfühliges, guterzogenes Wesen auszeichnend. So viel Schönheit und so viel natürliche Herzensbildung und Vornehmheit erinnere ich mich nicht je vor- oder nachher wieder in einer so einfachen Hütte angetroffen zu haben – vielleicht ein- oder zweimal in Westmoreland und Devonshire ausgenommen.

Sie sprachen Englisch, eine Fähigkeit, die man nur selten bei so vielen Familiengliedern auf einmal findet, besonders nicht in Dörfern, die weit von der Straße abliegen. Hier schrieb ich zunächst einen Brief über Prisengelder für einen der Brüder, der in der englischen Kriegsmarine gedient hatte, und dann – etwas geheimnisvoller – zwei Liebesbriefe für zwei der Schwestern. Beide waren sehr anziehende junge Mädchen, ja die eine von wahrhaft bestrickender Liebenswürdigkeit. In ihrer Verwirrung und ihrem Erröten während sie mir diktierten oder eigentlich mehr Anweisungen gaben, war es nicht schwer zu erkennen, daß sie doch den Wunsch hatten, daß der Brief so viel von Liebe und Innigkeit enthalten sollte, als sich irgend mit ihrem Mädchenstolze vereinigen ließ. Ich gab mir alle Mühe, Ausdrücke zu finden, die beiden Gefühlen am besten Genüge taten, und sie waren ebenso froh wie ich selbst, daß ich ihre Gedanken so gut ausgedrückt, wie in ihrer Einfalt erstaunt, daß ich sie so gut erraten hatte. Die Aufnahme, die man von den Frauen einer Familie gemacht bekommt, entscheidet gewöhnlich den Ton, den die übrigen Familienglieder anschlagen. In diesem Falle hatte ich meinen Vertrauensposten als Privatsekretär so sehr zur allgemeinen Zufriedenheit ausgefüllt und erheiterte vielleicht auch die Leutchen so mit meiner Unterhaltung, daß sie mit einer Herzlichkeit, der ich nicht zu widerstehen vermochte, in mich drangen, bei ihnen zu bleiben. Ich schlief im Zimmer der Brüder, weil das einzige unbenutzte Bett im Zimmer der Mädchen stand. Aber sonst begegnete man mir mit einer Liebenswürdigkeit, die Börsen, so leicht wie die meine damals war, nicht oft erwiesen wird. Meine Kenntnisse waren ihnen genügend Ausweis dafür, daß ich aus »edlem Blute« sei. So lebte ich denn drei Tage und den größeren Teil eines vierten bei ihnen, und die unverminderte Freundlichkeit, mit der man mir begegnete, läßt mich glauben, daß ich bis zum heutigen Tage bei ihnen hätte leben können, wenn das allein von ihren Wünschen abgehangen hätte. Am letzten Morgen jedoch, als wir beim Frühstück saßen, las ich in ihren Mienen, daß sie mir eine unerfreuliche Eröffnung zu machen hatten, und bald darauf erzählte mir einer der Brüder, daß ihre Eltern am Tage vor meiner Ankunft zu der jährlich in Carnarvon stattfindenden Methodistenversammlung gefahren seien und an diesem Tage zurückerwartet würden, und, »wenn sie nicht so liebenswürdig sein werden, wie es notwendig wäre«, bat er mich im Namen seiner Geschwister, möchte ich das doch nicht krummnehmen. Die Eltern kamen mit groben Gesichtern zurück und hatten auf alle meine Fragen nur die Antwort »*Dym Sassenach*«, sprachen walisisch und verstanden nicht, was ich sagte. Ich sah, wie die Sache stand, nahm herzlichen Abschied von meinen lieben freundlichen jungen Freunden und ging meiner Wege. Denn, wenngleich sie so warm zu ihren Eltern von mir sprachen und bei mir das Benehmen der alten Leute damit zu entschuldigen suchten, daß »das nun einmal ihre Art sei«, begriff ich doch sofort, daß meine Fähigkeit, Liebesbriefe zu schreiben, mich ebensowenig bei diesen ergrauten walisischen Methodisten empfehlen konnte als meine griechischen Verse, und daß das, was Gastfreundschaft war, wenn es von meinen jungen Freunden so liebenswürdig geboten wurde, zum Almosen weiden mußte unter dem unfreundlichen Wesen dieser alten Leute.

Kurze Zeit später gelang es mir – der Raum verbietet die Art ausführlich zu erzählen – nach London zu kommen. Und nun begann die nächste und schlimmste Zeit meiner Leiden. Ohne zu übertreiben, darf ich sagen, eine Zeit der Todesqual. Denn ich erlitt sechzehn Wochen hindurch Hungerqualen in immer gesteigertem Maße, wie sie schrecklicher kaum je ein menschliches Wesen erlebt oder überlebt hat. Ich will meine Leser nicht mit der Aufzählung der Einzelheiten dieser Qualen peinigen; denn Dinge wie diese kann das verhärtetste menschliche Herz nicht nennen hören, ohne daß die natürliche Güte durchbricht und ein schmerzliches Mitleiden erzeugt, auch dann, wenn Schuld und Fehle vorausgingen. Es mag genügen, daß ich erzähle, daß einige wenige Abfälle vom Frühstückstische eines Menschen, der mich für krank hielt und nicht wußte, in welcher Not ich mich befand – und auch dieses wenige nur ganz unregelmäßig –, meine einzige Nahrung bildeten.

In der ersten Zeit meiner Passion war ich obdachlos, und nur selten einmal schlief ich unter Dach. Diesem dauernden Aufenthalt in der freien Luft schreibe ich es zu, daß ich nicht den Verhältnissen erlag. Später jedoch, als kälteres und unfreundlicheres Wetter eintrat, und als ich durch die andauernde Entbehrung schon ziemlich auf dem Hund war, war es zweifellos ein Glück für mich, daß mir der Mann, von dessen Frühstückstische ich die Krumen auflesen durfte, erlaubte, in einem großen unbewohnten Hause, das ihm gehörte, zu schlafen. Unbewohnt nenne ich es, weil weder ein Haushalt noch irgendwelche Einrichtungsgegenstände sich vorfanden. Tatsächlich gab es im ganzen Hause außer einem einzigen Tische und einigen Stühlen keinerlei Möbel. Aber als ich von meinem neuen Quartier Besitz nahm, fand ich, daß doch schon ein Bewohner da war – ein armes, heimatloses Kind von vielleicht zehn Jahren. Aber Hunger und Leiden lassen Kinder oft älter aussehen, als sie tatsächlich sind. Von diesem verlorenen kleinen Mädchen erfuhr ich, daß sie, bevor ich einzog, ganz allein in den öden Räumen gewohnt und geschlafen hatte; wie freute sie sich, als sie hörte, daß in Zukunft ich ihr Gefährte in den dunklen Nachtstunden sein würde! Das Haus war sehr groß, und da es, wie gesagt, völlig leer stand, schallte der Radau, den die Ratten auf den weiten Treppen und Fluren machten, doppelt laut. Und bei all den Leiden, die die verlassene Kleine durch Kälte – und wohl auch durch Hunger – durchzumachen hatte, litt sie noch unter der Furcht vor Gespenstern. Ich versprach ihr, sie vor allen Gespenstern in Schutz zu nehmen; aber, ach, irgendeine andere Hilfe konnte ich ihr nicht spenden. Wir schliefen auf dem Fußboden und benutzten ein paar Bündel alter Gerichtsakten als Unterbett und als Decke irgend etwas, das vielleicht einmal ein Kutschermantel gewesen war. Später fanden wir in einem Bodenverschlag einen alten Sofabezug und noch andere Lumpen – ein Stück von einer alten Decke –, die uns ein bißchen mit warm halten mußten. Das arme Kind kroch ganz dicht an mich heran, um sich warm zu halten und um Schutz vor den Geistern zu finden. Wenn ich mich nicht kränker als gewöhnlich fühlte, nahm ich sie in meine Arme, so daß sie es ziemlich warm hatte und oft schlief, wenn ich nicht schlafen konnte; denn während der letzten zwei Monate meiner Leidenszeit schlief ich viel bei Tage und konnte zu allen Stunden in ein vorübergehendes Vormichhindösen verfallen. Aber der Schlaf strengte mich mehr an als das Wachen, weil die gräßlichsten Träume mich plagten – Träume, die allerdings noch nicht so entsetzlich waren wie die, die ich später als die Folgen des Opiums zu beschreiben haben werde; so war mein Schlaf nicht mehr als das, was man »Hundeschlaf« nennt. Oft hörte ich mich selbst im Schlafe stöhnen, und manchmal wurde ich durch meine eigene Stimme wach. Und um den Schreck vollzumachen, plagte mich um diese Zeit zum ersten Male ein Leiden, das ich später immer wieder bekam und das in den verschiedenen Perioden meines Lebens mich immer wieder anfiel. Sobald ich in

Schlaf fiel, begann es mich zu quälen. Es war eine Art Kneifen im Magen, das mich oft zwang, die Füße gewaltsam auszustrecken, um Erleichterung zu finden. Dieser Zustand überfiel mich, sooft ich einschlafen wollte, und die gewaltsame Bewegung rüttelte mich immer wieder wach, so daß ich schließlich, wenn ich wirklich einmal endlich Schlaf fand, das nur vor Erschöpfung tat. Durch dieses ununterbrochene Wachsein befand ich mich schließlich in einem Zustande zwischen fortgesetztem Eindämmern und Auffahren. Der Herr des Hauses kam ganz unregelmäßig. Manchmal erschien er schon ganz früh, manchmal erst gegen zehn Uhr abends. Manchmal auch überhaupt nicht. Er war in dauernder Furcht vor der Polizei. Nach Cromwells Vorbilde schlief er jede Nacht in einem andern Viertel von London; ich beobachtete sogar, daß er immer erst durch ein kleines Fenster sich davon überzeugte, wer da war, ehe er ging, um demjenigen, der klopfte, die Tür zu öffnen. Er frühstückte allein. Sein Teeservice hätte auch kaum gereicht, daß er es hätte wagen können, eine zweite Person einzuladen, und ebensowenig die eßbaren Vorräte, die meist nur in einem Brötchen oder einigen Zwiebäcken, die er an der nächsten Straßenecke zu kaufen pflegte, bestanden. Sollte er doch ab und zu Gäste gehabt haben, und manchmal schien mir das bei aufmerksamer und scharfer Beobachtung beinahe der Fall gewesen zu sein, so müssen sie aus der vierten Dimension gekommen sein. Während seines Frühstücks machte ich mir ab und zu eine Ausrede, um Grund zum Betreten seines Zimmers zu finden; dann räumte ich mit so gleichgültiger Miene, als ich irgend zu machen vermochte, die Reste, die er übriggelassen hatte, zur Seite – aber manchmal fand ich nichts abzuräumen. Wenn ich das tat, so schadete ich niemandem als dem Manne selbst, der vielleicht genötigt war, sich ab und zu abends noch ein Biskuit holen zu lassen. Denn was das arme Kind anbetrifft, so durfte es nie in sein Studierzimmer, wenn man dem mit alten Pergamenten, Rechtsbüchern und ähnlichem Gerümpel angefüllten Räume diesen Namen zubilligen wollte, betreten. Dieser Raum war für sie das Blaubartzimmer des Hauses, das stets, wenn der Herr um sechs Uhr zum Essen ging, sorgfältig verschlossen wurde. Dann ging er fort und blieb die Nacht hindurch außerhalb. Ob das kleine Mädchen etwa sein uneheliches Kind oder nur ein kleiner Dienstgeist war, habe ich nie festzustellen vermocht. Es selbst wußte gar nichts. Aber behandelt wurde es, als ob es ein richtiges Dienstmädchen sei. Sobald der Herr erschien, ging es nach unten, bürstete ihm Schuhe und Rock sauber und leistete andere kleine Dienste. Wenn es nicht gerade fortgeschickt wurde, um irgend etwas zu besorgen, kam es sonst den ganzen Tag nicht aus seinem Küchenloch heraus – nicht früher, als bis mein Klopfen am Abend seine zitternden Schritte zur Haustüre lockte. Von dem Leben, das es bei Tage führte, erfuhr ich nur das wenige, das es mir nachts manchmal erzählte. Denn sobald morgens die Geschäfte öffneten, ging ich fort und saß in den öffentlichen Parkanlagen herum, bis die Dunkelheit wieder einbrach.

Wer oder was der Hauswirt war? – Ja, lieber Leser – wahrscheinlich war er so ein Winkeladvokat; einer von der Sorte, die aus Gründen der Klugheit oder der Notwendigkeit sich den Luxus eines empfindlichen Gewissens nicht erlauben wollen – aber das magst du selber entscheiden oder kürzer ausdrücken, als ich es tat – aber – auf manchem Lebenswege ist ein empfindliches Gewissen ein Gepäckstück, das teurer kommt als eine Frau oder ein Luxusfuhrwerk. Und wie man wohl sagt, daß jemand »seine Equipage aufgibt«, so schien es mir, daß mein Freund und Wohltäter für einige Zeit sein Gewissen »aufgegeben« hatte, zweifellos in der Hoffnung, das er es sich wieder anschaffen würde, sobald er es sich wieder leisten konnte. Die innere Ökonomie des täglichen Lebens eines solchen Mannes würde vielleicht ein seltsames Gemälde bieten, wenn, lieber Leser, ich mir gestatten dürfte, dich auf seine Kosten zu unterhalten.

Trotz der begrenzten Beobachtungsmöglichkeiten, die sich mir boten, sah ich so manche spezifisch Londoner Szene von Intrigen und Schurigeleien, daß ich noch jetzt manchmal lächeln muß, wenn ich sie mir ins Gedächtnis zurückrufe, und über die ich damals schon – trotz allen Elendes – lächeln mußte. Ich selbst aber erfuhr von meinem Gastgeber nichts, als was ihm Ehre gemacht hätte, und bei all seinen Seltsamkeiten muß ich darüber alles vergessen, daß er gegen mich freundlich war und, soweit das im Bereiche seiner Kräfte lag, sogar freigebig gegen mich gewesen ist.

Diese Kräfte reichten allerdings nicht sehr weit. Immerhin wohnte ich in Gemeinschaft mit den Ratten mietfrei. Dr. Johnson berichtet, daß er einmal in seinem Leben wenigstens so viel Spalierobst hatte, wie er essen wollte; – ich will dankbar anerkennen, daß ich einmal die Auswahl unter so viel Zimmern eines Londoner Hauses hatte, wie ich nur wünschen konnte. Außer dem »Blaubartzimmer«, das dem armen Kinde so viel Angst einflößte, standen alle Räume, vom Keller bis zum Boden, zu unserer Verfügung. »Die Welt gehört uns«, und so schlugen wir jede Nacht unser Zeit in einem anderen Raume auf. – Ich habe beschrieben, daß es ein sehr großes Haus war, dieses Haus, das in einer etwas anrüchigen Lage in einem bekannten Stadtviertel von London liegt. Mancher von meinen Lesern wird wahrscheinlich schon vorbeigekommen sein. Ich aber versäume nie, wenn mich Geschäfte nach London führen, es zu besuchen. Heute, an meinem Geburtstage, am 15. August 1821, bin ich abends um zehn Uhr auf meinem Abendspaziergang nach Oxfordstreet abgebogen, um einen Blick auf dieses Haus zu tun. Da sah ich, daß es jetzt von ordentlichen Leuten bewohnt ist, und beobachtete im Wohnzimmer einen Familienkreis, der, wie es mir schien, heiter und fröhlich um den Teetopf versammelt war. Da mußte ich an den wunderbaren Gegensatz denken, an die Dunkelheit und die Kälte und die Stille und die Verzweiflung, die vor achtzehn Jahren in eben diesem Hause herrschten, als seine nächtlichen Bewohner ein verhungerter Schulbub und ein vernachlässigtes Kind waren. Die Kleine, die ich in späteren Jahren vergeblich gesucht habe. Abgesehen von der seltsamen Situation, in der sie sich befand, kann man nicht sagen, daß sie ein »interessantes« Kind gewesen ist; sie war weder niedlich noch besonders verständig, noch etwa auch nur besonders nett. Doch – Gott sei Dank – brauchte schon damals ein Mensch nicht all dies fade Novellenbeiwerk zu besitzen, um meine Zuneigung zu gewinnen. Einfache Menschlichkeit, in ihrer bescheidensten und unauffälligsten Erscheinung, genügte mir, und ich liebte dieses Kind einfach deshalb, weil es der Gefährte meiner Verzweiflung war. Wenn es noch am Leben ist, dann ist es vielleicht heute eine Mutter mit eigenen Kindern um sich herum. Leider, leider habe ich es nicht wieder aufzufinden vermocht, und das tut mir weh.

Aber in jener Zeit gab es noch ein Wesen, das ich seither noch viel besorgter und angstvoller gesucht habe – auch sie vergeblich! Das war ein junges Mädchen, die zu der unglücklichen Klasse von armen Menschen gehörte, die, um ihr Leben zu fristen, sich der Prostitution ergeben müssen. Ich fühle so gar keine Scham – und ich habe auch gar keinen Grund dazu –, eingestehen zu müssen, daß ich damals mit vielen dieser unglücklichen Frauen auf familiärem und freundschaftlichem Fuße stand. Lieber Leser, du brauchst weder zu grinsen noch die Stirn zu runzeln! Denn abgesehen davon, daß ich meinen klassisch gebildeten Lesern das Sprichwort »*Sine Cerere et Libero friget Venus*«

>»Liebe wird leicht krank und matt,
> wenn man nichts zu beißen hat«

unter die Nase reiben könnte, wird man sich wohl, auch ohne die ausdrückliche Versicherung meinerseits, vorstellen können, daß bei dem Zustande meiner Börse die Beziehungen zu diesen Frauen nicht anstößig gewesen sein können. Aber, du kannst darüber denken, wie du willst – ich habe zu keiner Zeit meines Lebens geglaubt, daß mich die Berührung oder die Nähe einer Kreatur, die menschliche Gestalt trug, verunreinigen könnte. Ganz im Gegenteil ist es von meiner frühen Jugend an mein Stolz gewesen, vertraulich – wenn du willst: *more Socratico* – mit allem. Mann, Weib und Kind, die mir das Schicksal über den Weg führte, zu verkehren. Diese Gewohnheit ist mir zustatten gekommen: Meiner Menschenkenntnis, meinem sozialen Fühlen, meiner inneren Freiheit und meiner freien Ausdrucksweise – alles Dinge, die unerläßlich sind für jemanden, der sich einen »Philosophen« nennt. Denn ein Philosoph darf nicht mit den Augen eines Philisters sehen und sich nicht einen Weltmann nennen, wenn er enge und durch Geburt oder Erziehung begründete Vorurteile kultivieren zu müssen glaubt; nein – er muß über sich selbst zu stehen versuchen und wie ein katholischer Priester keinerlei Unterschiede kennen, weder zwischen hoch und niedrig, zwischen gebildet und ungebildet, zwischen schuldig und unschuldig. Ich war damals ein »Peripatetiker« in des Wortes ursprünglicher Bedeutung, einer, der in den »Peripatoi«, den Gassen, einherlief, ein Herumtreiber, und so kam ich ganz von selbst mit den weiblichen »Peripatetikern«, den Gassenmädchen, zusammen. Manche von diesen Frauen hat mir gelegentlich die Stange gehalten, gegen Polizisten, die mich von den Treppenstufen, auf die ich mich erschöpft niedergelassen hatte, vertreiben wollten. Aber – eine war unter ihnen, die eine, um derentwillen ich all das erzähle – aber – nein! – ich will dich nicht mit jenen Frauen auf eine Stufe stellen – du feinsinnige Ann! Laß mich, lieber Leser, ein besseres Wort finden, um dir die Lage der

Frau zu schildern, deren Güte und Mitleiden, deren werktätiger Hilfe zu einer Zeit, da alle Welt mich verlassen hatte, ich es zu danken habe, daß ich überhaupt noch lebe! – Manche Nacht bin ich mit dem armen, heimatlosen Mädchen in Oxfordstreet auf und ab gegangen; manche Nacht habe ich mit ihr auf den überdeckten Treppenstufen vor irgendwelchen Hauseingängen gesessen. Sie konnte noch nicht einmal so alt sein, wie ich damals war; sie hat mir einmal erzählt, daß sie noch nicht sechzehn war. Wenn eine oder die andere Frage, die mein Interesse für ihr Schicksal mir eingab, Antwort fand, so schälte sich ganz allmählich ihre Geschichte aus all den Einzelheiten. – Eine ganz einfache Geschichte, die, wie ich später lernte, einen ganz einfachen Fall darstellte, wie ihn die Londoner Wohlfahrtseinrichtungen, wären sie nur besser und praktischer geleitet, wohl die Macht hätten, durch rechtzeitiges Einsetzen der Polizei und praktischere Anwendung der Gesetze vermeidbar zu machen. Aber der Strom der Londoner Mildtätigkeit fließt in einem Kanal, der, so breit und tief er ist, geräuschlos und unterirdisch seinen Weg findet; der für arme, heimatlose Wanderer nicht sichtbar und nicht erreichbar ist. Es muß einmal gesagt werden, daß trotz allem – das Wesen und die Äußerungen der Londoner Gesellschaft rauh, abstoßend und grausam sind. Hier sah ich sofort, daß das Unrecht, das man dem armen Mädchen zugefügt hatte, leicht wieder gutzumachen gewesen wäre, und oft und ernst redete ich ihm zu, sich mit einer Klage an den Magistrat zu wenden, damit die englische Justiz, die ein Ansehen der Person nicht kennt, sie räche an dem gewissenlosen Schuft, der sie um ihr bißchen Eigentum gebracht hatte. Sie versprach mir manchmal, daß sie es tun würde, aber sie schob die notwendigen Schritte immer wieder auf. Ich versuchte sie von Zeit zu Zeit immer wieder aufzurütteln, aber sie war so müde und entmutigt in solchem Grade, daß man leicht erkannte, wie tief der Kummer sich in ihr junges Herz gefressen hatte. Vielleicht dachte sie daran, daß die gerechteste Justiz und der gewissenhafteste Richter das nicht wieder gutzumachen vermöchten, was man ihr zugefügt hatte. Immerhin bestand die Möglichkeit, etwas zu tun, um ihre Lage zu verbessern, und wir hatten verabredet, daß wir in ein oder zwei Tagen zusammen zum Magistrat gehen wollten, und daß ich für sie sprechen sollte. Aber leider hatten wir das gerade beim letzten Male, als ich mit ihr zusammen war, erst verabredet! Diesen kleinen Dienst habe ich ihr – leider Gottes – niemals wirklich leisten dürfen. – Mir hat sie damals einen erwiesen, der größer war, als daß ich jemals ihn hätte vergelten können: Eines Nachts, als wir langsam Oxfordstreet entlang schlenderten, und nach einem Tage, an dem ich mich besonders krank und zerschlagen fühlte, bat ich sie, mit mir in Sohosquare einzubiegen. Wir taten es und setzten uns auf die Treppe vor einem Hause nieder, an dem ich noch heute nie vorbeigehen kann, ohne einen schmerzlichen Stich im Herzen zu verspüren, an dem ich nie vorübergehe, ohne daß ich mich in Gedanken vor dem Geiste dieses unglücklichen Mädchens neige, in der Erinnerung an die edle Handlung, die sie damals leistete. Kaum hatten wir uns hingesetzt, als es mir plötzlich grün und gelb vor den Augen wurde. Mein Kopf lehnte an ihrer Brust, und plötzlich sank er herab, und ich selbst stürzte rittlings die Stufen herunter. Das einzige, was ich noch denken konnte, war, daß, wenn ich nicht schnellstens ein kräftiges Belebungsmittel erhielte, ich auf der Stelle sterben mußte – oder daß ich in einen Erschöpfungszustand verfallen würde, aus dem eine Wiederherstellung bei meiner elenden Leibesbeschaffenheit völlig unmöglich sein würde. Da, in dieser Schicksalskrisis, streckte meine arme verwaiste Gefährtin, die von der Welt nie etwas anderes als Unrecht erfahren hatte, mir die rettende Hand entgegen. Sie stieß einen Schreckensschrei aus, aber ohne einen Augenblick zu verlieren, rannte sie in die Oxfordstreet, und in kaum vorstellbar kurzer Zeit kam sie mit einem Glas gewürzten Portweins zurück, das auf meinen leeren Magen, der jede andere Nahrung verweigert haben würde, augenblicklich belebend wirkte. Dieses Glas hat das großherzige Mädchen ohne ein Wort zu sagen aus ihrer armseligen Börse bezahlt, zu einer Zeit – ja, lieber Leser! – zu einer Zeit, in der sie selbst nicht in der Lage war, sich regelmäßig das zum Leben auch nur Allernötigste zu kaufen; zu einer Zeit, in der sie auch nicht den Schimmer einer Ahnung haben konnte, daß ich jemals in der Lage sein würde, es ihr zu erstatten.

Ach, du liebe Wohltäterin meiner Jugend! Wie oft habe ich in den verflossenen Jahren gewünscht, wenn Einsamkeit um mich her war und ich aus dankbarem und liebevollem Herzen deiner dachte, wie oft habe ich dann gewünscht – wie man in alten Zeiten vom Fluche des Vaters glaubte, daß er seinen Gegenstand mit unabwendbarer Notwendigkeit der Selbsterfüllung verfolge –, eine übernatürliche Macht zu besitzen, die die Segnungen eines dankerfüllten Herzens aussenden sollte, daß sie dich suchten, fänden, überraschten, und wenngleich du in der finstersten Dunkelheit eines Londoner Bordells von ihnen gefunden werden müßtest oder in der Finsternis des Grabes lägest, dann sollten sie dich wecken und dir dort die heilige Botschaft von Friede und Vergebung und von der ewigen Versöhnung kundtun!

Ich weine nicht oft, denn meine Gedanken über das Dasein und über die letzten Ziele der Menschheit steigen täglich, nein, stündlich zu Tiefen hinab, die »tausend Faden zu tief für Tränen sind«. Das Gleichmaß meiner Gedanken bietet den Gefühlen, die Tränen hervorzurufen pflegen, einen unüberwindlichen Widerstand, der denen, die durch ihre Oberflächlichkeit vor jedem Hange zu schmerzlicher Gedankenvertiefung bewahrt sind, fehlen muß; deshalb wohl macht sie gerade ihre Seichtheit unfähig, jedem kleinen Andringen schmerzlicher Gedanken standzuhalten. Aber ich glaube, daß Menschen, die solche Dinge so tief wie ich erlebt haben, als Notwehr gegen die letzte Verzweiflung einen ruhespendenden Glauben an die künftige Ausgleichsmöglichkeit und an den geheimnisvollen Sinn der menschlichen Leiden sich bewahren und hegen müssen. Deshalb bin ich heiter und weine, wie ich schon sagte, nicht oft. Doch es gibt Gefühle, die, wenn sie auch nicht tiefer und leidenschaftlicher, so doch rührender als andere sind. – Manchmal, wenn ich jetzt bei träumerischem Lampenlicht durch Oxfordstreet gehe, und wenn dann eine Drehorgel dieselben Melodien spielt, die vor langen Jahren mich und meine liebe Gefährtin – so muß ich sie noch immer nennen – trösteten, dann kommen mir die Tränen, und ich grüble über die geheimnisvolle Schickung nach, die so plötzlich und so schroff uns voneinander trennte. Wie das geschah, lieber Leser, wirst du jetzt erfahren.

Bald nach den eben geschilderten Ereignissen traf ich in Albemarlestreet einen Herrn, der zum Gefolge des verstorbenen Königs gehört hatte. Dieser Herr hatte bei verschiedenen Gelegenheiten die Gastfreundschaft meiner Familie genossen und redete mich an, da er mich wohl an einer gewissen Familienähnlichkeit erkannte. Ich verleugnete mich nicht und antwortete geschickt auf seine Fragen. Als er mir sein Wort verpfändete, daß er mich nicht meinen Vormündern verraten würde, gab ich ihm meine Adresse bei meinem Freund, dem Winkeladvokaten. Bereits am nächsten Tage empfing ich eine Zehnpfundnote. Der Brief, der sie enthielt, wurde mit anderen Briefschaften bei dem Advokaten abgegeben, aber obwohl ich seinen Blicken und seinem Benehmen anmerkte, daß er wußte, was er enthielt, händigte er ihn mir ehrlich und ohne Aufschub aus. Manch einer unter meinen Lesern wird sich wundern, daß ich in einer so großen Stadt wie London nicht die Mittel gefunden habe, die mich vor der Gefahr des Verhungerns hätten bewahren können. Sie werden sich überlegen, daß mir zwei Möglichkeiten offengestanden haben würden. Entweder bei den Freunden meiner Familie Hilfe zu suchen oder meine jugendlichen Talente und Kenntnisse irgendwie zu Erwerbszwecken nutzbar zu machen. Was den ersten Weg anbetrifft, will ich nur ganz allgemein bemerken, daß ich nichts so sehr fürchtete, als von meinen Vormündern wieder zurückgeholt zu werden, weil ich nicht zweifelte, daß sie die Macht, die das Gesetz ihnen über mich gab, bis zum äußersten benutzen würden und mich in die Schule, der ich eben entflohen war, gewaltsam wieder zurückbringen könnten. Das erschien mir, selbst wenn ich mich aus freien Stücken dieser Notwendigkeit unterworfen haben würde, als eine so große Schmach, daß mir die Demütigung, sie etwa sogar erzwungen und als einen Beweis von verachtungsvollem Mißtrauen über mich ergehen lassen zu müssen, schlimmer vorkam, als hätte ich sterben müssen; – ohne Zweifel würde sie auch zu meinem Tode geführt haben. – Ich war deshalb viel zu besorgt, dort, wo ich ohne Zweifel Hilfe gefunden haben würde, um etwas zu bitten, weil ich damit Gefahr lief, meinen Vormündern eine Spur zu verraten, die ohne weiteres zu meiner Entdeckung hätte führen müssen. Außerdem war mein Vater, der zwar in London viele Freunde hatte, bereits zehn Jahre tot, und ich wußte nur von sehr wenigen seiner Bekannten die Namen. Adressen wußte ich fast in keinem Falle genau, weil ich früher nie mehr als für einige wenige Stunden in London gewesen war. Diese Schwierigkeiten und die Furcht machten es mir unmöglich, mir Hilfe zu verschaffen. Was nun den anderen Weg anbetrifft, so muß ich heute sagen, daß ich selbst nicht begreife, warum ich ihn damals nicht gegangen bin. Wenn sich nichts anderes gefunden hätte, hätte ich als Korrektor für griechischen Drucksatz jederzeit so viel verdienen können, als meine geringen Bedürfnisse erforderten. Ich hätte bestimmt eine solche Stellung mit vorbildlicher Pünktlichkeit und Gewissenhaftigkeit ausgefüllt, die mir bald das Vertrauen meines Arbeitgebers gesichert haben würde. Aber man darf auch nicht vergessen, daß ich für solchen Posten zunächst eine Empfehlung an einen tüchtigen Verleger nötig gehabt hätte, und ich wüßte nicht, wie ich die hätte erhalten können. Die Wahrheit ist, daß ich nie daran gedacht habe, daß man aus literarischen Arbeiten eine Einnahmequelle zu machen vermöchte. Die einzige Möglichkeit schien mir die zu sein, daß ich auf Grund meiner zukünftigen Ansprüche und Aussichten etwas geliehen bekäme. Dieses Ziel suchte ich mit aller Energie zu erreichen und wandte mich deshalb an einen Juden namens David.

Bei diesem Juden und einigen anderen inserierenden Geldverleihern führte ich mich dadurch ein, daß ich ihnen von meinen Ansprüchen erzählte. Sie überzeugten sich durch Einsichtnahme in das bei einem Notar liegende Testament meines Vaters, daß meine Angaben stimmten. Die Person, die als der zweite Sohn des Herrn de Quincey bezeichnet war, hatte alle Ansprüche, die ich aufgezählt hatte, oder sogar noch mehr als die. Doch blieb die Frage zu beantworten, die ich an den Gesichtern mit Leichtigkeit abzulesen vermochte: War ich diese Person? – Ich hatte solchen Zweifel nie für möglich gehalten; vielmehr hatte ich gefürchtet, daß meine jüdischen Freunde mich zu genau betrachten könnten, und daß sie sich nur zu gut überzeugen könnten, daß ich wirklich die in Rede stehende Person war; daß irgendein Plan ihren Sinn durchkreuzen könnte, mich einzufangen und an meine Vormünder zu verkaufen. Es kam mir recht seltsam vor, daß meine eigene Person materialiter betrachtet, angeklagt oder doch beargwöhnt werden könnte, mein eigenes Selbst formaliter zu imitieren. Um ihre Bedenken zu beseitigen, wählte ich das einzige Mittel, das mir zur Verfügung stand. Während meines Aufenthaltes in Wales hatte ich verschiedene Briefe von jungen Freunden erhalten. Diese wies ich jetzt vor, denn ich hatte sie sorgfältig aufgehoben, weil sie das einzige Überbleibsel meines persönlichen Besitzes waren, dessen ich, mit Ausnahme der Kleider, die ich auf dem Leibe trug, auf die eine oder andere Weise verlustig gegangen war. Die meisten Briefe dieser Art stammten von einem Earl, der mein bester Jugendfreund war. Diese Briefe kamen aus Eton. Ich hatte auch einige von seinem Vater, der zwar jetzt in allerlei Agrikulturprobleme verstrickt war, der aber einst ein Etonianer und ein so großer Gelehrter gewesen war, wie es ein Edelmann überhaupt zu sein vermag, und der eine große Vorliebe für klassische Studien und junge Studenten beibehalten hatte. Seit meinem fünfzehnten Lebensjahre korrespondierte er mit mir, manchmal über die großen Verbesserungen, die er in seinen beiden Grafschaften eingeführt hatte, manchmal über die Vorzüge eines lateinischen Dichters, und ab und zu schrieb er über Gegenstände, über die er gern lateinische Verse von mir gesehen hätte. Nachdem er die Briefe gelesen hatte, erklärte sich einer meiner jüdischen Freunde bereit, mir zwei- oder dreihundert Pfund vorzustrecken, vorausgesetzt, daß ich den jungen Earl veranlassen konnte – er war nicht älter als ich –, die Bürgschaft für die Rückerstattung nach unserer Mündigkeit zu übernehmen. Der Jude wollte wohl, wie ich vermute, weniger an mir verdienen, als ihn die Aussicht reizte, mit meinem vornehmen Freunde in Verbindung zu kommen, von dem er wußte, welch ungeheuren Einfluß er einst haben würde. Um die Bedingungen zu erfüllen, machte ich mich zwei oder drei Tage nachdem ich die Zehnpfundnote erhalten hatte, auf die Reise nach Eton. Ungefähr drei Pfund hatte ich meinem Geschäftsfreunde bereits gegeben, da er behauptete, den Stempel kaufen zu müssen, damit ich bei meiner Rückkehr nach London den Vertrag fertig vorfände. Ich dachte mir gleich, daß er mich belüge, aber ich wollte nicht irgendwelchen Grund zu Verzögerungen geben. Eine kleine Summe hatte ich meinem Wirt, dem Advokaten, gegeben, der der Rechtsbeistand der Geldverleiher war und überdies ein gewisses Anrecht darauf hatte, etwas an mir zu verdienen, da er mich so lange in seinem unmöblierten Hause aufgenommen hatte. Fünfzehn Schilling etwa hatte ich gebraucht, meinen Anzug einigermaßen in Ordnung zu bringen. Vom Reste gab ich den vierten Teil meiner lieben Ann, in der Absicht, nach meiner Rückkehr mit ihr zu teilen, was mir übrigbleiben würde. Nachdem alles erledigt war, machte ich mich an einem dunklen Winterabend kurz nach sechs Uhr in Anns Begleitung auf nach Piccadilly, denn ich beabsichtigte, bis nach Salt Hill hinunter auf der Bath- oder Bristol-Post zu fahren. Unser Weg führte durch einen jetzt verschwundenen Teil der Stadt, so daß ich ihn heut nicht mehr beschreiben kann, die Swallowstreet hieß er, glaube ich. Weil wir noch genug Zeit hatten, machten wir einen Umweg, bis wir auf Golden Square kamen. Dort an der Ecke von Sherrardstreet setzten wir uns nieder,

da wir nicht in dem Trubel und Radau des lichtüberströmten Piccadilly Abschied voneinander nehmen wollten. Schon vor einiger Zeit
hatte ich meiner Freundin meine Pläne auseinandergesetzt, und nun
versicherte ich ihr wieder, daß sie an dem Glücke, das mir diese
Reise vielleicht bescheren würde, Anteil haben sollte, daß ich sie,
wenn ich nur erst könnte, beschützen und ihr helfen würde, und
daß ich sie nie verlassen wolle. Das beabsichtigte ich tatsächlich,
sowohl aus Zuneigung als aus Pflichtgefühl; ganz abgesehen von der
Dankbarkeit, die ich für sie hegte, die mich für mein langes Leben
zu ihrem Schuldner machte, liebte ich sie so innig, wie man nur eine
Schwester lieben kann, und in diesem Augenblicke mit versiebenfach-
ter Zärtlichkeit, aus Mitleid und Verständnis für ihre außerordentli-
che Niedergeschlagenheit. Zur Niedergeschlagenheit hatte ich eigentlich mehr Grund als sie, denn ich nahm Abschied von meiner Le-
bensretterin. Doch war ich in Hinsicht auf die mannigfache Erschüt-
terung, die meine Gesundheit erlitten hatte, ziemlich heiter und
hoffnungsvoll. Sie jedoch, die einem Menschen Lebewohl sagte, der
ihr nie etwas anderes als geschwisterliche Zuneigung hatte bieten
können, wurde von Kummer überwältigt. Als ich sie zum letzten
Lebewohl küßte, schlang sie ihre Arme um meinen Hals und brach
in wortloses Weinen aus. Ich hoffte, in spätestens einer Woche zurück sein zu können, und verabredete mit ihr, daß sie mich vom
fünften Abend nach meiner Abreise an jeden Abend am Ende der
Great Titchfieldstreet erwarten möchte, die immer unser gewöhnlicher Hafen gewesen war, in dem wir uns zum Rendezvous bestellten,
um uns nicht im großen Mittelmeere der Oxfordstreet zu verlieren.
Dies und allerlei anderes besprachen wir, aber das Wichtigste hatten
wir vergessen. Entweder hatte sie mir nie ihren Familiennamen gesagt, oder er war mir als unwichtig entfallen. Ganz allgemein rufen
sich die Mädchen ihres Standes, und besonders ihres unglückseligen
Berufes, im Gegensatz zu den novellenlesenden Damen mit den
großen Raupen im Kopfe – wie Miß Douglas, Miß Montagu – nur
mit ihrem Taufnamen – Mary, Jane, Frances und so ähnlich. Ich
hätte als sicherstes Mittel, sie wieder aufzufinden, mich nach ihrem
Familiennamen erkundigen müssen. Da ich jedoch nicht daran
dachte, daß ein Zusammentreffen nach ein paar Tagen schwieriger
und ungewisser sei, als all die Abende vorher viele Wochen hindurch
möglich gewesen war, hielt ich es nicht einen Augenblick für not-

wendig, ihn zu erfragen oder gar meinem Gedächtnis einzuprägen; und da ich bis zum letzten Augenblicke damit beschäftigt war, sie mit Hoffnungen zu trösten und sie zu bitten, sich ein Heilmittel gegen einen heftigen Husten und eine quälende Heiserkeit, die sie seit langem belästigten, zu verschaffen, vergaß ich vollends daran, bis es zu spät war, sie zurückzurufen.

Als ich um acht Uhr an das Glouster-Café kam, war die Bristol-Post gerade im Begriffe, abzufahren, so daß ich auf einen der Außen-sitze stieg. Die gleichmäßige Bewegung der Postkutsche versenkte mich bald in tiefen Schlaf, und es ist eigentlich merkwürdig, daß ich nach langen Monaten den ersten leichten und erquickenden Schlaf auf dem Außensitze einer Postkutsche genoß, einem Bett, das mir heute ziemlich unbequem vorkommen würde. Dieser Schlaf war die Ursache einer kleinen Begebenheit, die, wie hundert andere zu jener Zeit, mich davon überzeugte, wie leicht jemand, der sich in Not be-funden, durch das Leben zu gehen vermag, ohne an sich selbst erfah-ren zu haben, welcher Güte und – leider, leider auch – welcher Ge-meinheit das menschliche Herz fähig ist. Ein so dichter Schleier von Formen ist über die menschlichen Gesichtszüge gebreitet, daß für den oberflächlichen Beobachter diese beiden Endpunkte und das an Unebenheiten so abwechslungsreiche Feld, das zwischen ihnen liegt, in eines verschmelzen; daß die ungeheure Mannigfaltigkeit ihrer Harmonien auf den mageren Umriß von Verschiedenheiten be-schränkt wird, die er mit der begrenzten Tonleiter und dem Alphabet von Elementarlauten glaubt wiedergeben zu können. Also: während der ersten vier oder fünf Meilen belästigte ich einen Mitreisenden dadurch, daß ich auf ihn fiel, sobald der Wagen einen Ruck nach seiner Seite hin abbekam. Ich glaube, daß ich vor Schwäche hinun-tergefallen wäre, wäre der Weg nicht so glatt und eben gewesen. Er beklagte sich sehr über die Belästigung, wie es unter solchen Umstän-den wohl die meisten Menschen getan haben würden. Jedoch brachte er seine Beschwerde mürrischer vor, als es eigentlich notwen-dig war. Hätten wir uns in diesem Augenblicke getrennt, so würde ich an ihn als an einen griesgrämigen, brutalen Burschen zurückden-ken – wenn ich mir überhaupt die Mühe geben würde, an ihn zu denken. Weil ich wußte, daß ich ihm Grund zur Unzufriedenheit gegeben hatte, entschuldigte ich mich und versicherte, daß ich mir Mühe geben wolle, nicht von neuem in Schlaf zu fallen. Zugleich erklärte ich ihm, daß ich von langem Leiden schwach und krank sei und augenblicklich nicht genügend Mittel besäße, einen Platz im Wageninnern zu bezahlen. Sofort änderte sich das Benehmen des Mannes, und als ich wieder einmal für einen Augenblick von dem Lärm und den Lichtern in Hounslow erwachte, denn trotz aller Mühe war ich wenige Sekunden nach meinen letzten Worten wieder eingeschlafen, fühlte ich, daß er seinen Ann um mich geschlungen hatte, mich vor dem Herunterstürzen zu bewahren. Während des ganzen Restes der Fahrt erwies er mir eine beinahe mütterliche Fürsorge, so daß er mich endlich fast ganz in seinen Armen hielt. Und das war um so freundlicher, als er ja gar nicht wußte, ob ich nicht die ganze Reise bis Bath oder Bristol mitmachen würde. Leider fuhr ich über mein Ziel hinaus, denn mein Schlaf war so tief, daß ich, beim plötzlichen Anhalten der Postkutsche, wahrscheinlich vor einer Posthalterei, erwachte und da erst erfuhr, daß wir uns in Maidenhead, sechs oder sieben Meilen hinter Salt Hill, befanden. Ich stieg aus, und während der halben Minute, die der Wagen anhielt, bat mich mein freundlicher Reisegefährte, der nach einem kurzen Blick, den ich in Piccadilly auf ihn geworfen hatte, der Diener irgendeines vornehmen Herrn oder etwas Ähnliches zu sein schien, sofort zu Bett zu gehen. Das versprach ich, ohne die Absicht zu haben, es auch zu tun, und ohne Aufenthalt wanderte ich zu Fuß weiter – oder, besser gesagt, zurück.

Es muß ungefähr Mitternacht gewesen sein, als ich ausstieg, aber ich kroch so langsam vorwärts, daß ich eine Uhr in einem Bauernhause vier schlagen hörte, als ich den Feldweg von Slough nach Eton herunterkam. Luft und Schlaf hatten mich erfrischt, und dennoch fühlte ich mich müde. Ich erinnere mich noch eines Gedankens, der mir damals kam, der gar nicht so weit hergeholt war und den einmal ein römischer Dichter gut ausgedrückt hat, der mich in meiner Armut tröstete. Kurz vorher war in der Hounslow-Heide ein Mord begangen worden. Ich glaube mich nicht zu irren, daß der Ermordete Steele hieß und daß er der Besitzer einer Lavendelpflanzung in der Nachbarschaft war. Mit jedem Schritt kam ich der Heide näher, und es war gar nicht ausgeschlossen, daß ich und der fluchbeladene Mörder, wenn er die Nacht draußen war, uns, ohne es zu beabsichtigen, treffen könnten – durch die Dunkelheit zusammengeführt. Da überlegte ich mir denn, daß ich, wäre ich nicht ein Ausgestoßener, sondern mein lieber Freund, der Earl, der Erbe eines jährlichen Einkommens von siebzigtausend Pfund gewesen, ich alle Ursache gehabt hätte, um meinen Hals besorgt zu sein. Allerdings erschien es mir andererseits ziemlich unwahrscheinlich, daß der Earl jemals in diese Lage hätte kommen können. Immerhin, der Sinn der Bemerkung ist richtig, daß Macht und Reichtum den Menschen mit einer unwürdigen Angst vor dem Tode erfüllen. So war ich in dem Augenblick ganz froh, nicht mehr zu sein als

»Herr meines Wissens, sonst ohne Besitz«

Ich glaube bestimmt, daß manche der unerschrockensten Abenteurer, die, da sie glücklicherweise arm sind, sich des Vollbesitzes ihres natürlichen Mutes erfreuen, plötzlich eine große Abneigung gegen pfeifende Kugeln zeigen würden und ihren Gleichmut und ihre Geistesgegenwart nach und nach verlieren würden, wenn sie im Augenblicke, vor dem Aufbruche zu neuem Raubzuge, plötzlich die Nachricht erhielten, daß sie unerwartet ein englisches Landgut mit fünfzigtausend Pfund Jahreseinnahme geerbt hätten. Es ist richtig, was der Weise, der beide Schicksale am eigenen Leibe erlebt hatte, sagte, daß Reichtümer geeigneter sind,

»Den Mannesmut zu brechen, seine Schärfe
zur Stumpfheit abzuschleifen, als daß sie
zu lobenswertem Tun ihn weiter trieben.«
                                    (Milton, Wiedergewonnenes Paradies.)

Ich verweilte so lange bei diesen Dingen, weil für mich selbst die Erinnerung an diese Zeiten so überaus bewegend ist. Nun aber, lieber Leser, sollst du keinen weiteren Grund haben, dich zu beklagen. Denn nun will ich vorwärts eilen und weitererzählen.

Am Wege zwischen Slough und Eton schlief ich wieder ein, und gerade als der Morgen zu dämmern begann, weckte mich die Stimme eines Mannes, der sich beobachtend über mich neigte. Was er war, weiß ich nicht. Es war ein schlecht aussehender Kerl, womit nicht gesagt ist, daß es auch ein schlechter Kerl gewesen sein muß. Wenn er es doch gewesen ist, muß er sich wahrscheinlich gesagt haben, daß es sich nicht lohne, einen Menschen zu berauben, der im Winter bei »Mutter Grün« übernachtet. In diesem Falle aber, und von meinem damaligen Standpunkte betrachtet, versichere ich ihm, wenn er sich etwa unter meinen Lesern befinden sollte, daß er sich gründlich irrte. – Nachdem er irgend etwas gesagt hatte, ging er weiter, und ich war über die von ihm verursachte Störung nicht weiter traurig, weil ich damit in der Lage war, durch Eton zu gehen, bevor die Leute alle munter waren. Die Nacht war feucht und nebelig gewesen, gegen Morgen hatte sich daraus ein Rauhfrost gebildet, und der Boden und die Bäume waren nun mit Reif überzogen. Unbemerkt schlüpfte ich durch Eton. In einem kleinen Gasthaus in Windsor wusch ich mich und brachte meinen Anzug, so gut es gehen wollte, in Ordnung. Gegen acht Uhr machte ich mich auf den Weg nach Pote's College. Unterwegs traf ich einige Tertianer, bei denen ich Erkundigungen einzog. Etonianer sind in jeder Lebenslage Gentlemen, und so erhielt ich auch hier trotz meines ruppigen Aussehens anständige Antwort. – Mein Freund war nicht mehr in Eton. Er war auf der Universität! Zwar hatte ich noch andere Freunde in Eton, aber – nicht alle, denen man in guten Zeiten den Namen »Freund« gibt, kann man noch so nennen, wenn man heruntergekommen ist. Ich überlegte und verlangte nach einem anderen hochadeligen Bekannten, mit dem ich zwar nicht so gut befreundet war als mit vielen anderen, vor dem ich mich aber weniger genierte, mich in meinem gegenwärtigen Zustande vorzustellen. Er war noch in Eton – glücklicherweise – denn ich hörte, daß auch er bald nach Cambridge zu gehen beabsichtige. Ich meldete mich bei ihm, wurde freundlich empfangen und gleich zum Frühstück eingeladen. Hier muß ich einen Augenblick innehalten, um dich, lieber Leser, vor einem Trugschluß zu bewahren. Wenn ich bei verschiedenen Gelegenheiten von adeligen Freunden spreche, so darfst du nicht annehmen, daß ich selbst irgendeinen Anspruch auf hohe Geburt oder Abstammung habe. Gott sei Dank ist das nicht der Fall. Ich bin der Sohn eines einfachen englischen Kaufmannes, der sein Leben lang wegen seiner großen Rechtlichkeit überaus angesehen war und der selber stets großes Interesse für die Literatur hatte und – nebenbei gesagt – auch anonym geschriftstellert hatte. Hätte er länger gelebt, so wäre er wahrscheinlich sehr reich geworden. Da er aber sehr früh starb, hinterließ er seinen sieben verschiedenen Erben zusammen nicht mehr als ungefähr dreißigtausend Pfund. Von meiner Mutter darf ich mit Genugtuung sagen, daß sie eine noch begabtere Frau war; aber so wenig sie den Anspruch auf Ruf und Namen einer »literarischen« Frau machte, so darf ich es doch wagen, sie – was viele literarische Frauen nicht sind – eine »intellektuelle Frau« zu nennen. Ich glaube, daß, wenn je man ihre Briefe sammeln und veröffentlichen würde, das allgemeine Urteil wäre, daß sie so viel strengen, männlichen Sinn in reinem, frischem, urwüchsigem Englisch zeigt, wie nur irgend jemand in unserer Literatur, kaum ausgenommen die Briefe der Lady M. W. Montagu. Das ist der ganze Stolz meiner Abstammung, und einen anderen habe ich nicht. Und daß ich keinen anderen habe, danke ich Gott aufrichtig, weil nach meinem Urteil eine Stellung, die uns zu hoch über unsere Mitmenschen erhebt, weder den intellektuellen noch den moralischen Fähigkeiten sehr zuträglich ist. Mein Bekannter setzte mir ein ausgezeichnetes Frühstück vor. Es war wirklich gut, mir aber erschien es wie ein Götterfraß; war es doch die erste regelmäßige Mahlzeit, das erstemal, daß ich seit langen Monaten an einem anständig gedeckten Tische überhaupt saß. Leider aber muß ich sagen, daß ich kaum etwas genießen konnte. An dem Tage, an dem ich die Zehnpfundnote erhielt, kaufte ich in einem Bäckerladen eine Rolle Zwieback. Diesen Laden hatte ich während zwei Monaten, oder wenigstens während sechs Wochen, mit solchem Heißhunger betrachtet, daß es fast demütigend für mich war, daran zurückzudenken. Ich erinnerte mich einer alten Geschichte, die ich irgendeinmal gehört hatte, und befürchtete, daß es gefährlich sein könnte, zu schnell zu essen. Aber meine Angst war unnötig gewesen. – Mein Appetit war futsch, und ich wurde krank, bevor ich auch nur die Hälfte von dem genossen hatte, was ich mir gekauft. Noch wochenlang stellte sich jedesmal dieser Erfolg ein, sobald ich etwas zu essen versuchte; wenn ich nicht von vornherein Ekel empfand, so geschah es allemal, daß ich nur einen Teil der genossenen Nahrung bei mir behielt. Bei diesem Frühstück in Eton ging es mir nicht besser als gewöhnlich, und mitten beim wunderschönsten Essen mußte ich haltmachen. Während der ganzen Zeit hatte ich eine Begier nach Wein. Ich erklärte meinem Bekannten den Grund und gab ihm einen kurzen Bericht über das, was ich in der letzten Zeit durchgemacht hatte. Ihm tat das alles sehr leid, und er ließ Wein kommen. Der gab mir eine kurze Erleichterung und schmeckte mir auch; bei allen Gelegenheiten, die mir die Möglichkeit dazu boten, trank ich damals Wein, und ich kostete den Genuß so aus, wie ich später nur Opium ausgekostet habe. Wahrscheinlich hat mir der viele Wein auch geschadet und dazu beigetragen, meine Krankheit zu verschlimmern. Mein Magen war so geschwächt, daß eine bessere Diät ihn schneller und wahrscheinlich auch vollständiger wiederhergestellt haben dürfte. Hoffentlich war es nicht die Liebe zum Wein, die mich damals veranlaßte, noch einige Tage bei meinen Freunden in Eton zuzubringen. Ich redete mir damals ein, daß ich mich noch nicht traute, meinen Bekannten um den Dienst zu bitten, um derentwillen ich nach Eton gekommen war. Ich wollte jedoch die Reise nicht umsonst gemacht haben und rückte endlich mit der Sprache heraus. Mein Bekannter, der ein grenzenlos guter Kerl war und sowohl wegen seines Mitleides mit meiner Lage als auch wegen meiner Freundschaft mit vielen seiner Verwandten mehr zu meinen Gunsten gestimmt war als durch den Glauben an meine zukünftigen Ansprüche, zögerte doch, mir diese Bitte zu erfüllen. Er sagte mir, daß er nicht gern etwas mit Geldverleihern zu tun haben möchte, und daß er befürchtete, solch eine Geschichte könne seinen Angehörigen zu Ohren kommen. Außerdem bezweifelte er, daß seine Unterschrift, dessen zukünftige Aussichten bei weitem nicht so umfangreich waren als die des zuerst in Aussicht genommenen Freundes, meine unchristlichen Helfer zufriedenstellen würde. Immerhin wollte er mich nicht allzu traurig machen; nach einiger Überlegung willigte er ein, mir unter gewissen Bedingungen, die er genau bestimmte, seine Bürgschaft zu geben. Er war damals noch keine achtzehn Jahre alt; doch glaube ich nicht, daß sich der älteste und gewiegteste Staatsmann geschickter aus einer solchen Affäre gezogen hätte wie er, der dabei eine Liebenswürdigkeit, Klugheit und Höflichkeit bewies, die durch die Aufrichtigkeit der Jugend von ganz besonderem Reize war. Die meisten Leute würden einen bei einer solchen Bitte mit argwöhnischen Augen betrachten und ungünstige Blicke zeigen wie, wie – ein Sarazenenhaupt.

Durch die Zusage getröstet, die nicht ganz meinen besten, aber auch nicht meinen schlimmsten Erwartungen entsprach, kehrte ich drei Tage nach meiner Abreise wieder nach London zurück. Und nun komme ich zum Ende meiner Geschichte. Die Juden wollten auf meines Freundes Bedingungen nicht eingehen. – Ob sie durch ihre Einwürfe lediglich Zeit gewinnen wollten, weiß ich nicht –

vielleicht wollten sie Erkundigungen über mich einziehen. Kurz und gut, die Sache verzögerte sich, die Zeit verging, der kleine Rest meiner Banknote schmolz zusammen, und ehe das Geschäft hätte erledigt sein können, wäre ich in meinen früheren Zustand zurückgefallen, wenn sich nicht durch einen Zufall ein Weg zur Versöhnung mit meinen Vormündern gezeigt hätte. Ich verließ London in Hast, reiste in eine abgelegene Gegend Englands und bezog nach einiger Zeit die Universität. Erst nach dem Verlaufe vieler Monate konnte ich die Orte wieder aufsuchen, an denen ich soviel erlebt hatte, die mir so interessant geworden waren und es bis heute geblieben sind, als der Schauplatz meiner jugendlichen Leiden. Was war in der Zeit aus der armen Ann geworden? – Ihr sollen meine Schlußworte gelten. Unserer Verabredung zufolge suchte ich sie täglich und wartete jede Nacht, solange ich noch in London war, an der Ecke von Titchfield-street auf sie. Ich erkundigte mich bei jedem Menschen, von dem ich annehmen konnte, daß es möglich sei, daß er sie kannte; während der letzten Stunden meines Londoner Aufenthaltes ließ ich kein Mittel, das in meinen schwachen Kräften stand, unversucht, um sie aufzufinden. Ich kannte die Straße, wo sie gewohnt hatte, aber nicht das Haus. Außerdem fiel mir ein, daß sie mir einmal erzählt hatte, wie schlecht sie von ihrem Hauswirte behandelt wurde, so daß sie wahrscheinlich, bereits ehe wir uns trennten, ausgezogen war. Sie hatte nur wenige Bekanntschaften; die meisten Leute glaubten außerdem, daß ich mich so geflissentlich nach ihr erkundigte, aus Gründen, die ihnen Anlaß zum Lachen oder Achselzucken gaben. Andere glaubten, daß ich das Mädchen suchte, weil sie mir irgendwelche Kleinigkeiten gestohlen hätte, und hatten keine Lust, mich auf ihre Spur zu bringen. Schließlich gab ich der einzigen Person, von der ich bestimmt annehmen konnte, daß sie die Ann kennen mußte, weil sie ein- oder zweimal mit uns zusammengewesen war, in meiner Verzweiflung kurz vor der Abreise von London die Adresse meiner Familie. Aber bis heute habe ich kein Sterbenswörtchen von ihr gehört. Das ist unter den Schicksalsschlägen, die ja die meisten Menschen nicht verschonen, in meinem Leben derjenige, den ich am schwersten verwunden habe. Wenn sie am Leben war, so haben wir uns zweifellos gegenseitig oft zur selben Zeit in den ungeheuren Labyrinthen von London gesucht. Vielleicht sind wir manchmal nur wenige Schritte voneinander entfernt gewesen, und doch hat vielleicht dieser kleine Raum, der nicht breiter als eine Londoner Straße gewesen zu sein braucht, eine Trennung für die Ewigkeit bedeutet. Jahre hindurch hoffte ich immer noch, daß sie lebte. Und ich kann das Wort Myriade in einem ganz unrhetorischen und unliterarischen Sinne gebrauchen und behaupten, daß ich bei jedesmaligem Aufenthalte in London in Myriaden Frauengesichter geschaut habe, stets in der Hoffnung, sie zu finden. Hätte ich sie auch nur einen Augenblick erblickt, ich hätte sie unter Tausenden herausgekannt. Obwohl sie nicht das war, was man schön nennt, so hatte sie doch etwas so rührend Stilles, einen so süßen Ausdruck im Gesicht und eine so eigen graziöse Kopfhaltung. Immer hatte ich noch Hoffnung und suchte sie. Das habe ich jahrelang getan. Jetzt aber würde ich mich fürchten, sie wiederzusehen. Und der Husten, über den ich mich grämte, als ich damals abreiste, ist nun mein Trost. Jetzt habe ich nicht mehr den Wunsch, sie jemals wiederzusehen. Ich denke an sie als an eine, die im Grabe ruht, – als eine, die im Grabe ruht, als eine – Magdalena. Dahingerafft, ehe Unrecht und Grausamkeit ihre reine Seele befleckt und ehe gewissenlose Schufte das viehische Verbrechen vollenden konnten, das sie begonnen hatten.

2.

O du Oxfordstraße! Du Stiefmutter mit dem steinernen Herzen! So also wurde ich von dir erlöst, von dir, die du den Seufzern der Waisen lauschst, von dir, die die Tränen der Kinder trinkt – endlich von dir erlöst. Endlich war die Zeit gekommen, wo ich nicht mehr, vom Elend gedrückt, deine unendlichen Häuserreihen entlang schleichen mußte, wo ich in Traum und Wachen in den Krallen des Hungers mich fand. Viele, viele Nachfolger sind wahrscheinlich seitdem in unseren, in Anns und meinen Fußtapfen gewandelt – Erben unseres Elends; andere Waisen als Ann haben geseufzt, andere Kinder bittere Tränen geweint; und du, Oxfordstreet, hast seitdem immer wieder das Echo unzähliger Herzensseufzer vernommen. Für mich aber schien der Sturm, den ich eben erlebt hatte, ein Unterpfand langen schönen Wetters bedeuten zu sollen; die überstandenen Leiden, die ich da unten bezahlt hatte, schienen als eine Abfindung für viele kommende Jahre gelten zu sollen, als ein Lösegeld für eine lange Befreiung von Sorgen. Wenn ich wieder durch London ging – ich tat's oft –, als ein einsamer und nachdenklicher Mann, so geschah es meist in Heiterkeit und Seelenfrieden. Und obgleich die Entbehrungen meiner Muluszeit in London ihre Wurzeln so tief in meine Körperkonstitution geschlagen hatten, daß sie später aufschossen und von neuem blühten und zu nächtlichen Schatten aufwuchsen, die meine späteren Jahre überschattet und verdunkelt haben, so war ich gegen diesen zweiten Leidensansturm doch besser gefeit; konnte mit der Kraft eines gereiften Geistes mich besser dagegen stemmen und fand Erleichterung durch mitfühlende Zuneigung, die tief und mild war. Doch trotz all dieser Erleichterungen waren noch viele, viele Jahre durch seine Ketten von Leiden gefesselt an die Wurzel eines gemeinsamen Ursprunges. Und, um zu zeigen, wie kurzsichtig menschliche Wünsche sind: während meiner ersten Schmerzenszeit in London war es mein Trost – wenn man überhaupt von Trost sprechen kann –, von Oxfordstreet aus jede Straße hinaufzublicken, die durch Marylebone hindurch in die Felder und Haine mündet; wenn meine Augen die langen Häuserreihen, die halb im Lichte und halb im Schatten lagen, entlang wanderten, dann dachte ich: »Das ist der Weg nach Norden, der Weg zum Ziele deiner Sehnsucht.«

Hätte ich Taubenflügel gehabt, dann wäre ich geflogen. Das sagte und das wünschte ich mir – in meiner Blindheit. Und doch war es gerade in diesen nördlichen Gegenden, in diesem selben Tal – ach – in demselben Hause, nach dem damals meine irrigen Wünsche flogen, daß eine zweite Leidenszeit für mich lebendig wurde, und daß die Leiden zum anderen Male die Feste meines Lebens und meiner Hoffnung belagerten. Dort wurde ich jahrelang von gräßlichen Traumbildern und gespenstischen Erscheinungen gepeinigt, so gräßlich, wie je sie das Lager eines Orest umtanzten. Ich aber war unglücklicher als er, denn der Schlaf, der zu allen Menschen als Zuflucht und Erquickung kommt, der zu ihm besonders als ein gesegneter Balsam für sein wundes Herz, sein müdes Hirn kommen durfte, kam zu mir als die bitterste Geißel. – So mit Blindheit geschlagen waren meine Wünsche. Wenn aber ein Schleier zwischen dem getrübten Blicke eines Mannes und den Leiden seiner Zukunft hängt, dann kommt es vor, daß derselbe Schleier ihm auch ihre Linderungsmittel verbirgt, und ein Kummer, vor dem man keine Sorge hatte, ist dann manchmal begleitet von Tröstungen, auf die man nicht gehofft. Wie ich an allen Leiden des Orest Anteil hatte – ausgenommen einzig die Gewissensbisse –, hatte ich auch Anteil an den Tröstungen, die ihm zuteil wurden. Meine Eumeniden kauerten, wie die seinen, zu Füßen meiner Bettstatt und starrten durch die Vorhänge hindurch mir ins Gesicht. Aber wachend sah bei meinem Kissen, sich selbst den Schlaf versagend, um mir in den schleichenden Stunden der Nacht Gefährtin zu sein, meine Elektra. Denn du, geliebte Gefährtin meiner späteren Jahre, warst meine Elektra! Und weder an Großmut noch an Geduld ließest du dich von deiner griechischen Schwester übertreffen. Denn die niederen Dienste der Nächstenliebe und der innigen Zuneigung zögertest du nicht, mir zu leisten. Mir Jahre hindurch den ungesunden Tau von der Stirn zu wischen; meine Lippen zu kühlen, wenn sie aufgesprungen und trocken vom Fieber waren. Selbst als dein eigener friedlicher Schlummer durch die lange Gemeinsamkeit unseres Denkens von den gleichen gräßlichen Bildern und furchtbaren Kämpfen mit den Traumgestalten und schattenhaften Feinden beunruhigt wurde, die mir oft zuriefen: Schlaf nicht weiter! – auch da merkte ich nichts von Klage und Murren, noch überzog Schatten deine engelhaften Züge, noch wurden deine Liebesdienste lässiger. – Mehr hast du getan, als je Elektra tat! – Denn sie, die eines Königs Tochter war, weinte doch manches Mal und mußte ihr überströmtes Gesicht in den Falten ihrer Kleider bergen.

Aber auch diese Qualen sind vergangen, und nun wirst du die Erinnerung an diese, für uns beide so schmerzliche Zeit lesen wie ein Märchen von einem schreckhaften Traum, der nie wiederkehren kann.

Wieder bin ich jetzt in London, und manchmal streiche ich des Nachts an den Häuserreihen von Oxfordstreet entlang. Manchmal, wenn die Angst mich überfällt, so daß ich alle Philosophie zusammensuchen muß, so daß ich mir einbilden muß, du seiest in der Nähe – wenn dann ich daran denke, daß dreihundert Meilen uns trennen und drei traurige Monate uns fern voneinander halten, dann schaue ich in den Mondnächten nordwärts durch die Straßen, die von Oxfordstreet dahinlaufen, und mache die Sehnsüchte meiner jugendlichen Hoffnungen wieder lebendig. Dann denke ich daran, daß du jetzt allein in diesem stillen Tale wohnst, Herrin des Hauses, zu dem die Blindheit meiner Herzenswünsche vor neunzehn Jahren floh. Ich denke daran, wie blind ich tatsächlich war, wie die Winde so vieles zerschmettert haben, wie die Schläge meines Herzens Beziehungen zu zukünftigen Zeiten gehabt haben und ihre Rechtfertigung fanden, wenn man sie von dem anderen Standpunkte betrachtet. Wenn ich heute noch einmal zu den hilflosen Wünschen meiner Kindheit hinabsteigen dürfte, dann würde ich mir wieder wünschen, wenn ich nach Norden ausschaue:

»Oh, daß ich doch Taubenflügel hätte – – –« Und mit welchem Vertrauen in dein gutes und anmutvolles Wesen würde ich die andere Hälfte meiner kindlichen Wünsche wieder hinzufügen: »Daß ich zum Ziele meiner Sehnsucht flöge!«

Die Freuden des Opiums

Es ist so lange her, seit ich zum ersten Male Opium nahm, daß ich, wäre es lediglich eine Zufallserscheinung meines Lebens gewesen, längst daran vergessen haben würde. Aber Hauptumstände vergißt man nicht, und daher kommt es, daß ich noch weiß, daß es im Herbst 1804 war. Damals war ich in London, war zum ersten Male seit dem Beginne meines Hochschulstudiums dahin zurückgekehrt – und so kam ich zum Opium: Von früh auf war ich gewohnt, den Kopf jeden Tag zumindest einmal ins kalte Wasser zu stecken. Als ich einmal vom Zahnweh geplagt wurde, gab ich der Unterlassung dieser Gewohnheit die Schuld, sprang aus dem Bett, steckte den Kopf in ein Waschbecken mit kaltem Wasser, und ohne die Haare zu trocknen, legte ich mich wieder zum Schlafe nieder. Ich brauche eigentlich das gar nicht besonders zu betonen, daß ich am nächsten Morgen aufwachte und die gräßlichsten rheumatischen Kopf- und Gesichtsschmerzen hatte, die mich während ungefähr zwanzig Tagen nicht mehr verließen. Es war – glaube ich – am einundzwanzigsten Tage, daß ich aufstand, und – es war Sonntag – in den Straßen spazierenging, lediglich, um meinen Schmerzen zu entrinnen, nicht etwa aus irgendeinem anderen Grunde. Zufällig traf ich einen Studienfreund, der mir Opium empfahl.

Opium! Schrecklicher Mittler du, von unvorstellbar großem Glück und namenloser Pein! Wohl hatte ich davon schon gehört, wie man von »Manna«, von »Ambrosia« gehört hat, mehr nicht! – Wie wenig stellte ich mir damals bei diesen Tönen vor. Welch feierliche Chöre löst es nun in meinem Herzen aus! Welch herzerquickende Schwingungen von traurigen und glücklichen Erinnerungen werden wach! Wenn ich mich für einen Augenblick von ihnen treiben lasse, so fühle ich geheimnisvolle Bande, die mir den Ort, die Zeit, den Mann, der mir zuerst das Paradies der Opiumesser öffnete, verbinden. Naß und traurig war der Sonntagnachmittag, und einen stumpferen Anblick hat diese unsere Erde nicht aufzuweisen als einen Londoner Regensonntag. Mein Heimweg führte mich durch Oxfordstreet, und in der Nähe des »herrlichen Pantheons«, wie es Wordsworth einst nannte, war eine Drogerie geöffnet. Der Drogist, dieser ahnungslose Mittler himmlischer Freuden, machte, vielleicht aus Sympathie mit dem verregneten Sonntag, ein dummes und unzufriedenes Gesicht, so wie es eben sterbliche Drogisten an Sonntagen zu machen pflegen. Als ich Opiumtinktur verlangte, gab er sie mir, so wie man irgend etwas Gleichgültiges zu geben pflegt, ohne weitere Umstände, gab mir auf meinen Schilling etwas zurück, das aussah wie ganz gewöhnliches Kupfergeld, das er aus einem ganz gewöhnlichen hölzernen Kasten genommen hatte. Ich aber muß sagen, daß trotz all dieser Anzeichen von schlichter Menschlichkeit der gute Mann für mich seitdem in der herrlich-verklärenden Erscheinung eines »unsterblichen Drogisten« lebt, der vom Himmel heruntergesandt wurde mit einem Spezialauftrage für mich. Ihre Bestätigung erhielt diese meine Anschauung über ihn, als ich das nächste Mal nach London kam. Ich suchte ihn in der Nähe des Pantheons und fand ihn nicht, und so scheint es mir, der ich seinen Namen nicht kenne – wenn er überhaupt einen hat –, daß er aus Oxfordstreet verschwunden ist, indem er seine körperliche Gestalt wieder abgelegt hat. Dir, lieber Leser, wird er wahrscheinlich vorkommen wie ein ganz gewöhnlicher irdischer Drogist. Das ist gar nicht ausgeschlossen. Ich aber will nun einmal mich in dem Glauben nicht beirren lassen, daß er sich zu einem Hauchwölkchen verflüchtigt hat. Denn ich kann die Stunde, den Ort, den Mittler nicht unter die flüchtigen Alltagserinnerungen einreihen – sie, die mir zuerst das Wissen von jener Himmelsgabe darboten.

Als ich in meiner Wohnung ankam, verlor ich keinerlei Zeit, die vorgeschriebene Dosis baldigst zu nehmen. Ich war in bezug auf das Geheimnis und die Kunst des Opiumnehmens völlig unwissend, und was ich nahm, nahm ich auf eigene Gefahr. Aber ich nahm es – und – eine Stunde später! – O Himmel! Welcher Umschwung! Welch ein Erheben meines Geistes aus dem letzten Abgrund seiner Tiefe! Welche Offenbarung der Welt in mir! Daß meine Schmerzen fort waren, bedeutete mir jetzt gar nichts mehr. Diese negative Wirkung verschwand für mich in der Flut des unermeßlichen positiven Erlebens, die sich vor mir aufgetan hatte – in dem Abgrund himmlischen Genusses, der sich mir eröffnet. Ich hatte die große Panacea, das geheimnisvolle Labsal zur Erfüllung aller menschlichen Wünsche gefunden! Das Geheimnis der Glückseligkeit, über das die Philosophen so viele Jahrhunderte nachgesonnen hatten, es war auf einmal entdeckt! Man konnte für einen Pfennig Glückseligkeit kaufen und in der Westentasche bei sich führen. In einer Reiseflasche konnte man Ekstasen mit sich herumtragen, und mit der Postkutsche konnte man in großen, viele Liter fassenden Flaschen Seelenfrieden verschicken. Aber wenn ich so rede, wirst du, lieber Leser, annehmen, ich machte Witze; ich versichere, daß niemand Witze macht, der viel Opium nimmt. Seine Freuden sind von so ernster, feierlicher Art, daß selbst in seinen glücklichsten Stunden der Opiumesser sich nie im Charakter des Allegro zeigen wird. Selbst dann denkt und spricht er, wie es einem Penseroso ansteht. Leider habe ich eine bedauerliche Art, selbst manchmal mitten im Elend Witze zu reißen, und obwohl ich von gewaltigen Gefühlen bewegt werde, fürchte ich doch, daß ich mich dieser Unart selbst in der Schilderung von Leid und Glück schuldig machen könnte. Du, lieber Leser, magst mir deshalb ein wenig Nachsicht mit meiner Schwäche schenken. Ich will mir Mühe geben, mit so wenig Seitensprüngen dieser Art, wie nur irgend möglich, ernst, wenn nicht gar ein wenig schläfrig zu sein, wie es sich gebührt, wenn man über eine so ernste Sache spricht, wie es das Opium nun einmal ist. Ich werde so unkaufmännisch, wie das möglich ist, und so schläfrig, wie man diese Wirkung fälschlich dem Opium zuzuschreiben pflegt, berichten.

Zuerst ein Wort über seine körperlichen Wirkungen. Über all das, was man über das Opium geschrieben hat, sei es von seiten Reisender in der Türkei – denen man das Privileg zu lügen ja als ein altes, unverjährbares Recht lassen muß –, sei es seitens der Medizinprofessoren an den Hochschulen, lautet meine Kritik, ihnen allen gegenüber: Lügen! Lügen! Lügen! – Ich habe einmal bei einem Buchhändler in irgendeinem Satiriker folgendes gelesen: »Ich habe die Überzeugung, daß die Londoner Zeitungen wenigstens zweimal wöchentlich die Wahrheit berichten, nämlich Dienstag und Sonnabend, nämlich – daß man sich genau verlassen kann – auf die Konkursverzeichnisse!« So leugne ich auch nicht, daß man tatsächlich den Leuten einige Wahrheiten über das Opium gesagt hat. Wiederholt haben gelehrte Leute mitgeteilt, daß es braun aussieht. Ich garantiere dafür, daß das stimmt! Ferner, daß es ziemlich kostspielig ist, wofür ich ebenfalls gutsage! Denn zu meiner Zeit kostete ostindisches Opium drei Guineas, und türkisches sogar acht das Pfund. (Also etwa 63–168 Mark! Der Übers.). Drittens hat man ganz wahrheitsgetreu mitgeteilt, daß, so man sich eine tüchtige Portion davon zu Gemüte führt, man wahrscheinlich das tun muß, was den meisten Menschen mit regelmäßiger Lebensführung nicht ganz angenehm ist, nämlich – sterben! – – Diese gewichtigen Aufklärungen sind alle zusammen, und jede einzelne für sich, tatsächlich wahr, und ich kann sie beim besten Willen nicht widerlegen. Aber die Wahrheit war von je, und wird immer bleiben – erläuterungsfähig! In diesen drei Theoremen haben wir, glaube ich, den Wissensstoff, der bisher von Menschen über das Opium zusammengetragen wurde, erschöpft. Deshalb, würdige

Doktoren! da hier noch Raum für Forschungen und zukünftige Entdeckungen ist, machen Sie mir ein wenig Platz und gestatten Sie mir, eine Vorlesung über den Stoff zu halten! – Nun denn: Erstens: Es wird von all denen, die jemals, sei es systematisch, sei es zufällig, sich mit dem Opium beschäftigt haben, nicht nur behauptet, sondern als bewiesen angenommen, daß es rauschbildend sei. Nun, lieber Leser, überzeuge dich selber, *meo periculo*, daß keine Quantität Opium berauscht oder auch nur zu berauschen vermag. Die Opiumtinktur wäre allerdings geeignet – ich bemerke, daß man sie gewöhnlich Laudanum nennt –, einen Menschen, der eine genügend große Menge davon zu sich zu nehmen vermöchte, berauscht zu machen. Aber – warum? ist hier die Frage! Nun, ganz einfach aus dem Grunde, weil das Laudanum so viel reinen Weingeist enthält, nicht aber, weil so viel Opium darin ist! Unverarbeitetes Opium, behaupte ich aufs entschiedenste, ist unfähig, einen Körperzustand hervorzurufen, der dem durch Alkohol erzeugten irgendwie ähnlich sieht. Nicht nur dem Grade nach ist es dazu unfähig, nein, sogar der Art nach! Nicht in der Quantität der Wirkung weicht es vollkommen ab, sondern in der Qualität. Der Genuß, den Wein bereitet, ist zunächst steigend, erreicht dann die Krisis, um wieder abzufallen. Der durch Opium erzeugte bleibt, wenn er einmal erreicht ist, während acht bis zehn Stunden konstant. Der erste Fall ist, wenn ich mich eines medizinischen Fachausdrucks bedienen darf, ein Fall von akutem, der zweite einer von chronischem Genusse. Der eine gleicht einer Flamme, der andere einem stetigen und gleichmäßigen Glühen. Aber der Hauptunterschied liegt darin, daß Wein die geistigen Fähigkeiten beeinträchtigt, während Opium – ganz im Gegenteil –, wenn es vorschriftsmäßig genommen wird, die großartigste Ordnung, Logik und Harmonie unter ihnen schafft. Wein raubt dem Manne die Selbstbeherrschung, Opium stärkt sie. Wein trübt und verwirrt die Urteilskraft, gibt der Verachtung und Bewunderung, der Liebe wie dem Hasse des Trinkers eine ungeheure Intensität. Opium breitet über die aktiven und passiven Fähigkeiten Heiterkeit, setzt sie ins Gleichgewicht und gibt dem Gemüt und der moralischen Urteilskraft im allgemeinen eine Art vitaler Wärme, der der Verstand zustimmt und die eine Körperkonstitution von ursprünglicher, sozusagen vorsündflutlicher Gesundheit immer begleiten wird. So z. B. macht Opium – wie Wein – das Herz weit und erzeugt einen Zustand von Wohlwollen; doch mit dem merklichen Unterschiede, daß in der plötzlichen überströmenden Güte, die die Betrunkenheit begleitet, immer eine Sentimentalität liegt, die sie dem Beobachter verdächtig erscheinen läßt. Man schüttelt sich die Hände, schwört ewige Freundschaft, vergießt Tränen – kein Mensch weiß, warum! Die Sinnlichkeit scheint den Menschen untergekriegt zu haben. Dagegen ist die durch das Opium hervorgerufene Ausdehnung liebreicher Gefühle kein fiebriger Anfall; nein – der gesunde Naturzustand kehrt zurück, in den unser Geist wieder gelangen würde, wenn jede Spur von Schmerz und Leid, die die Impulse eines ursprünglichen guten und gerechten Herzens mißleitet haben, verwischt worden wäre. Es muß zugegeben werden, daß Wein, bis zu einem gewissen Grade, den Intellekt anregt und kräftigt. Ich selbst bin nie ein großer Weintrinker gewesen, aber ich fand, daß ein halbes Dutzend Gläser meine Fähigkeiten vorteilhaft anregte, das Bewußtsein erhellte und ein Gefühl verlieh, als sei es »*ponderibus liberata suis*«; es ist ziemlich absurd, von jemandem zu behaupten, der Wein habe ihn »benebelt«, denn ganz im Gegenteil sind die meisten Menschen benebelt durch ihre Nüchternheit, und erst wenn sie trinken, kommt der wahre Charakter des Menschen zum Vorschein. Also von »benebelt« kann keine Rede sein! Aber immerhin führt der Wein den Menschen zu Torheiten und Dummheiten, und von einem gewissen Punkte an läßt er sich die intellektuellen Kräfte verflüchtigen. Opium dagegen beruhigt das Erregte und sammelt das Zerfahrene. Kurz, um mit wenig Worten alles zusammenzufassen: Ein Mensch, der betrunken ist oder sich auf dem Wege befindet, es zu werden, gerät in einen Zustand, der das »Allzumenschliche«, oft die brutale Seite der menschlichen Natur, zur Herrschaft in ihm gelangen läßt. Aber der Opiumgenießer (ich spreche von dem, der nicht etwa vom Mißbrauche des Opiums leidend geworden ist, sondern Maß und Ziel kennt) fühlt, daß der göttliche Teil seiner Natur die Oberhand gewinnt: daß seine moralischen Fähigkeiten in einen Zustand von wolkenloser Heiterkeit geraten, und daß über allem das große Licht des majestätischen Verstandes strahlt.

Dies ist die Lehre der wahren Kirche des Opiums, und ich selbst bin der einzige Gläubige dieser Kirche – ihr Alpha und Omega. Man darf nicht vergessen, daß ich auf Grund einer bedeutenden und tiefen persönlichen Erfahrung spreche, während die meisten unwissenschaftlichen Autoren, die über das Opium geschrieben haben, und selbst die, die ausdrücklich die medizinische Seite des Problems behandelt haben, durch den Abscheu, den sie darüber zur Schau tragen, beweisen, daß ihre tatsächliche Kenntnis seiner Wirkung gleich Null ist. Ich will indessen nicht anstehen, zuzugeben, daß ich einmal jemand getroffen habe, dessen fester Glaube an die berauschende Wirkung des Opiums so überzeugend war, daß sogar meine eigene Ungläubigkeit einen Stoß bekam. Es war ein Arzt, der selbst lange Opium genommen hatte. Zufällig erzählte ich ihm einmal, daß seine Feinde behaupteten, er rede, wenn er über Politik spreche, Unsinn, und seine Freunde entschuldigten ihn dann gewöhnlich damit, daß er sich in einem beständigen Opiumrausche befinde. Ich sagte zu ihm, daß mir die Anklage nicht *prima facie* erscheine und vielmehr absurd sei, aber – er verteidigte sie. Zu meiner Überraschung behauptete er, daß beide Teile, seine Freunde wie seine Gegner, sich im Rechte befänden. »Ich will nicht bestreiten«, sagte er, »daß ich Unsinn rede, andererseits aber behaupte ich, daß ich das nicht mit Vorsatz tue oder aus einem wie immer gearteten anderen Gesichtspunkte, sondern einzig und allein, einzig und allein (dreimal sagte er das), weil ich vom Opium betrunken bin, und das täglich!« Wir kamen in einen längeren Meinungsstreit über das Thema, und ich muß zugeben, daß die Autorität eines Arztes, und eines solchen, der dazu noch für sehr tüchtig galt, schwer gegen meine Behauptung ins Gewicht zu fallen scheint. Aber ich muß mich an meine Erfahrung halten, die der seinigen immerhin um täglich mehr als siebentausend Tropfen überlegen war. Und obwohl ich nicht annehmen zu dürfen glaubte, daß ein Mediziner die charakteristischen Merkmale des Alkoholrausches nicht kennen sollte, fiel es mir doch auf, daß er in einer späteren Auseinandersetzung den logischen Fehler beging, das Wort »Trunkenheit« in zu weitem Sinne zu gebrauchen und es auf jede Art nervöser Erregung zu beziehen, anstatt es auf eine besondere, an bestimmten Merkmalen erkennbare Art der Erregung zu beschränken. Ich habe sogar einmal behaupten gehört, daß jemand von dem Genuß grünen Tees »betrunken« geworden sein wollte, und ein Londoner Medizinstudent, dessen großes Wissen in seinem Fache mir Grund zum Respekt gab, versicherte mir einmal, daß ein Patient, der sich auf dem Wege zur Genesung befand, sich an einem Beefsteak »betrunken« habe.

Nachdem ich mich so lange bei diesem ersten und Hauptirrtum in betreff des Opiums aufgehalten habe, will ich mich über den anderen und dritten kürzer fassen: Es wird behauptet, daß auf den vom Opium erzeugten Aufschwung des Geistes notwendigerweise eine im Verhältnis stehende Depression erfolgen müsse, und daß seine natürliche und unmittelbare Endwirkung körperliches Erschlaffen und geistiger Stillstand sei. Was die erste dieser beiden Behauptungen anbetrifft, kann ich dem Leser versichern, daß sie ein Irrtum ist. Ich kann nur berichten, daß während der zehn Jahre, in denen ich mit gehörigen Zwischenräumen Opium nahm, die Tage, nach denen ich mir diesen Luxus geleistet hatte, stets solche waren, an denen ich mich in außergewöhnlich guter Stimmung befand.

Was nun die Abstumpfung angeht, die dem Opiumgenusse folgen soll oder, wenn wir den zahlreichen Bildern türkischer Opiumgenießer Glauben schenken wollen, sogar während des Opiumgenusses sich einstellen soll, so leugne ich sie gleichfalls. Gewiß gehört Opium zu den wichtigsten Narkotizis, und es ist nicht ausgeschlossen, daß es auch einmal diesen Endeffekt hervorbringen kann; aber unmittelbar hat es lediglich eine Anregung und Stimulation des ganzen Systems zur Folge. Das erste Stadium seiner Wirksamkeit dauerte bei mir wenigstens acht Stunden lang; es muß also die Schuld des Opiumgenießers selber sein, wenn er die Dosis nicht zu einer Zeit nimmt, die die ganze Dauer ihres narkotischen, einschläfernden Einflusses auf die Nacht, in seinen Schlaf verlegt. Türkische Opiumesser scheinen so absurd zu sein, die ganze Zeit gleich Reiterdenkmälern auf Holzblöcken sitzenzubleiben, die so dumm sind wie sie selber. Damit der Leser sich selber ein Urteil zu bilden vermag, inwieweit Opium geeignet ist, die geistigen Eigenschaften eines Engländers zu zerstören, will ich – indem ich die Frage illustrativ, nicht argumentiv beantworte – erzählen, wie ich selber während der Zeit von 1804–1812 einen Opiumabend in London zu verbringen pflegte. Ich will zeigen, daß Opium bei mir weder den Hang zur Einsamkeit förderte, noch weniger aber mich zur Faulheit und zu dem stumpfen Hang zur Selbstversunkenheit, den man gewöhnlich den Türken zuschreibt, hinführte. Ich gebe die Beschreibung von diesen Abenden auf die Gefahr hin, für einen überspannten Enthusiasten oder Schwärmer gehalten zu werden; jedoch kümmert mich das wenig. Ich möchte meinen Leser nur daran erinnern, daß ich damals ein fleißiger Student war und während der ganzen Zeit ernsthafte Studien trieb. Gewiß hatte ich wie jeder andere das Recht, mir ab und zu eine Ausspannung zu erlauben. Selten aber gestattete ich sie mir wirklich.

Ein verstorbener englischer Herzog pflegte zu sagen: »Nächsten Freitag, so Gott will, trinke ich mir einen Rausch an!« und in derselben Weise pflegte ich mir vorzunehmen, wie oft in einer gewissen Zeit und wann ich eine Opiumschwelgerei unternehmen wollte. Das geschah selten öfter als einmal in drei Wochen, denn damals wagte ich noch nicht, wie ich es später einführte, mir jeden Tag ein »Glas schwarzes Laudanum, warm und ohne Zucker«, zu Gemüte zu führen. Nein – wirklich trank ich damals selten Laudanum, nicht öfter als einmal in drei Wochen. Gewöhnlich an einem Dienstag- oder Sonnabendabend. Das tat ich aus folgenden Gründen: Damals sang die Grasini in der Oper, und ihre Stimme entzückte mich wie nie wieder eine. Ich weiß nicht, wie die Oper heutzutage ist, denn seit sieben oder acht Jahren bin ich nicht mehr drin gewesen, damals aber gab es für viele keinen besseren Platz, an dem man den Abend unter Leuten angenehm verbringen konnte. Fünf Schilling öffneten einem die Galerie, auf der viel weniger Unruhe herrschte als im Parterre. Das Orchester zeichnete sich durch seine Größe und sein ausgezeichnetes Zusammenspiel vor allen anderen englischen Orchestern aus. Meist kann ich dieses Zusammenspiel nicht vertragen, wegen der Vorherrschaft der Blechinstrumente und der absoluten Tyrannei der Violine. Die Chöre waren göttlich anzuhören, und wenn die Grasini in einem Zwischenspiele hervortrat, was oft geschah, und als Andromache am Grabe Hektors ihre leidenschaftliche Seele ausströmte, dann fragte ich mich, ob jemals ein Türke von all denen, die in das Paradies der Opiumesser eintreten durften, auch nur halb soviel Vergnügen empfunden hat wie ich. Aber ich gebe den Barbaren zuviel Ehre, wenn ich voraussetze, daß sie fähig seien, einen Genuß, der den intellektuellen Genüssen eines Engländers nahekommt, zu empfinden. (Anmerkung des Übersetzers für deutsche Leser: Wenn das nicht im englischen Text stände, hätte ich es nicht übersetzt. Aber es ist schon so.) Denn Musik ist ein geistiger oder sinnlicher Genuß, je nach der Veranlagung des Zuhörers. Mit Ausnahme der feinen Extravaganz in den »Zwölf Nächten« kenne ich in der ganzen Literatur nur eine gleichwertige Äußerung über das

Wesen der Musik. Das ist eine Stelle in der »*Religio Medici*« von Sir T. Brown, die neben ihrer literarischen Schönheit auch in philosophischer Hinsicht bemerkenswert erscheint, da sie die richtige Theorie der musikalischen Wirkung enthält. Der Fehler der meisten Leute ist, daß sie annehmen, daß sie die Musik einzig mit dem Ohre aufnehmen, und daß sie sich deshalb ihren Wirkungen gegenüber völlig passiv verhalten. Aber dem ist nicht so. Durch die Reaktion des Geistes auf die Aufnahme durch das Ohr (der Inhalt wird durch die Sinne, die Form durch den Geist erfaßt) wird der Genuß erzeugt, und deshalb kommt es, daß Leute von gleich gutem Gehör in dieser Hinsicht so sehr voneinander abweichen. Da nun Opium die Tätigkeit des Geistes im allgemeinen anregt, regt es notwendigerweise auch jene besondere Art seiner Tätigkeit an, die uns befähigt, aus dem rohen Material organischer Töne einen höheren geistigen Genuß zu schaffen. »Aber«, sagte mir einmal ein Freund, »eine Aufeinanderfolge musikalischer Töne ist für mich dasselbe wie eine Aneinanderreihung arabischer Buchstaben. Ich kann keine Idee damit verbinden.« Ideen, lieber Freund, die gehören auch nicht hierher. Jede Idee, die hier möglich wäre, ist lediglich durch eine besondere Art von Gefühl ausdrückbar. Aber dieses Thema fällt hier zu sehr aus dem Rahmen. Es genügt zu sagen, daß z. B. ein Chor von schöner Harmonie mein ganzes vergangenes Leben wie einen gewirkten Teppich vor mir ausbreitete, und zwar nicht durch die Erinnerung heraufbeschworen, sondern wie in der Musik gegenwärtig und inkarniert. Es war mir nicht mehr schmerzlich, dabei zu verweilen. Die Einzelheiten der Begebnisse verschwammen oder schwanden in nebelhafte Abstraktion; alle Leidenschaften wurden gesteigert, vergeistigt, verfeinert. Und all das konnte man für fünf Schilling haben! Außer der Musik auf der Bühne und im Orchester hatte ich während der Vorstellungspausen die Musik der italienischen Sprache, von italienischen Frauen ausgeführt, denn die Galerie war gewöhnlich mit Italienern gefüllt, und ich lauschte ihnen mit einem Vergnügen, das dem gleich kam, mit dem der Reisende Weld in Kanada dem süßen Lachen indianischer Frauen zu lauschen pflegte. Denn je weniger man von einer Sprache versteht, um so empfindlicher ist man für die Melodie oder die Rauheit ihrer Worte. So wurde es mir hier zum Vorteil, daß ich nur wenig Italienisch gelernt hatte; lesen konnte ich es wohl, aber sprechen nicht im geringsten und verstehen vielleicht ein Zehntel von dem, was ich gesprochen vernahm.

Dieses waren meine Genüsse im Opernhause – aber ich kannte noch einen anderen Genuß, den ich mir nur an Sonnabendabenden verschaffen konnte, der gelegentlich mit meinem Opernenthusiasmus in Konflikt geriet; denn damals spielte die Oper nur Dienstag und Sonnabend abend. Ich fürchte, daß ich mich hier etwas dunkel ausdrücke, jedoch versichere ich den Leser, daß es nicht dunkler ist, als Marinus in seinem Leben des Proklus oder manche anderen Biographen und Autobiographen von bestem Rufe zu tun pflegen. Dieses Vergnügen, sagte ich, konnte ich mir nur an Sonnabenden verschaffen. Warum war die Sonnabendnacht für mich mehr als jede andere? – Ich hatte keine Arbeit, von der ich ausruhen konnte, keinen Lohn zu empfangen; aus welchem anderen Grunde, als um die Grasini zu hören, freute ich mich besonders auf die Sonnabende? Stimmt, lieber Leser! Alles, was du einwendest, ist unwiderlegbar. Aber so ist es und so bleibt es: Unterschiedliche Menschen leiten ihre Gefühle in unterschiedliche Kanäle, und die meisten zeigen ihre Gefühle für die Armen in erster Linie durch ihre Sympathie mit ihren Sorgen und Nöten; ich zeigte sie damals durch meine Teilnahme an ihren Freuden. Die Schrecken der Armut hatte ich ja erst kürzlich am eigenen Leibe erfahren, in einem Maße, daß ich kaum den Wunsch hatte, mich ihrer zu erinnern; aber die Freuden der Armen, ihre geistigen Tröstungen, ihre Erholungen von der körperlichen Arbeit mit ihnen zu teilen, kann niemals niederdrückend wirken. Der Samstagabend aber ist die Zeit für die regelmäßig wiederkehrende Erholung der Unbemittelten. In diesem Punkte sind sich die feindlichsten Sekten einig; ein brüderliches Band umschließt die ganze Christenheit bei ihrem Ausruhen von der Arbeit einen Tag lang und zwei Nächte. Deshalb fühle ich mich an Samstagabenden auch so, als wäre ich vom Joch der Arbeit erlöst, hätte meinen Lohn empfangen und es stände mir bevor, mich dem Genusse der Ruhe hingeben zu dürfen.

Um deshalb ein mir so sympathisches Schauspiel so tief als möglich genießen zu können, pflegte ich oft Sonnabend abends, nachdem ich Opium genommen hatte, auszugehen und, ohne mich um die eingeschlagene Richtung und Entfernung zu kümmern, nach all den Märkten und anderen Teilen Londons zu wandern, wo die Armen in der Samstagnacht ihren Lohn umzusetzen pflegen. Manche Familie habe ich beobachtet, wenn Mann, Frau und ein oder zwei Kinder über den Stand ihres Barvermögens berieten, wenn sie über den Preis von Lebensmitteln und Haushaltgegenständen ihre Meinungen austauschten, habe ich oft zugehört. Nach und nach wurde ich bekannt mit ihren Wünschen, ihren Nöten und ihren Anschauungen. Manchmal vernahm ich das Murren der Unzufriedenen, aber noch öfter den Ausdruck der Zufriedenheit oder wortreiche Äußerungen, von Geduld, Hoffnung und innerer Ruhe zeugend. Und alles in allem genommen muß ich sagen, daß der Arme philosophischer als der Wohlhabende ist, denn er unterwirft sich anstandsloser und heiterer allem, was er für ein unvermeidbares Übel oder für einen unausweichbaren Verlust hält. Wenn ich irgendwie die Gelegenheit sah, mich, ohne aufdringlich zu erscheinen, unter die Leute zu mischen, tat ich es und gab meine Meinung ab, die, wenn sie auch nicht immer richtig erschien, stets mit Bedacht aufgenommen wurde. Waren die Löhne ein wenig gestiegen oder erschien es so, als wenn sie steigen würden, war das Brot ein bißchen billiger geworden, schienen die Zwiebeln und die Butter im Preise herunterzugehen, so war ich froh; war jedoch das Gegenteil der Fall, so gewährte mir das Opium ein wenig Trost. Denn das Opium kann – wie die Biene, die gleichmäßig aus den Rosen und aus dem Ruß der Schornsteine ihren Honig zu holen weiß – alle Gefühle in Übereinstimmung bringen, gleichwie es Normalschlüssel gibt, die für jedes Schlüsselloch passen. Manche dieser Streifzüge führten mich weit weg, denn ein Opiumesser ist zu glücklich, als daß bei ihm die Zeit eine Rolle spielte. Und manchmal führten meine Versuche, mich nach nautischen Prinzipien heimwärts zu steuern, indem ich mich nach dem Polarstern richtete und mich nordwestlich halten wollte, statt alle Kaps und Landzungen zu umschiffen, an denen ich auf der Hinreise vorübergekreuzt war, plötzlich in solch verschlungene Probleme von Alleen, solch rätselhafte Kreuzungspunkte, solche Sphinxrätsel von Straßen ohne Durchfahrten, daß sie wahrscheinlich selbst den Wagemut eines Gepäckträgers verspottet oder den Verstand eines Droschkenkutschers verwirrt haben würden. Manchmal kam es mir so vor, als sei ich der erste Entdecker dieser »Terrae incognitae«, und es überkam mich ein leiser Zweifel, ob sie je schon in den Stadtplänen von London verzeichnet worden seien. All dies aber mußte ich in späteren Jahren teuer bezahlen, als das Gesicht des Menschen meine Träume tyrannisierte, als die Verwirrung meiner Schritte in London zurückkam und in meinen Schlaf hineinhöhnte, eine Verwirrung meiner moralischen und intellektuellen Fähigkeiten erzeugte, daß mein Gewissen und mein Verstand mit Angst und Grauen erfüllt wurden.

Ich habe gezeigt, daß Opium nicht notwendigerweise Untätigkeit oder Stumpfsinn erzeugen muß, daß es mich, ganz im Gegensatz dazu, oft in die Theater und auf die Märkte lockte. Doch muß ich aufrichtig gestehen, daß Märkte und Theater nicht die rechten Aufenthaltsorte sind für den Opiumesser, der sich im höchsten Stadium göttlicher Genüsse befindet. In diesem Stadium werden Massen drückend, und selbst Musik ist dann zu sinnlich und zu grob. Er sucht dann gewöhnlich die Einsamkeit und die Ruhe, als unerläßliche Bedingungen für jene Traumzustände und tiefen Versenkungen, die die Krönung alles dessen darstellen, was Opium dem Menschen zu geben vermag. Ich, dessen Fehler es immer war, zu verträumt zu sein und zu wenig Aufmerksamkeit zu haben, der ich kurz nach dem Eintritt in die Universität fast völlig in einen Zustand tiefer Melancholie verfiel, weil ich zu sehr über die in London durchgemachte Leidenszeit grübelte, kannte diese Neigung meines Geistes wohl und tat alles, ihr entgegenzuwirken. Ich war wie ein Mensch der alten Legende, der in die Höhle des Trophonius eingetreten ist, und als Heilmittel dagegen zwang ich mich, in die Gesellschaft zu gehen und meinen Verstand durch ununterbrochene Tätigkeit über wissenschaftlichen Stoffen in fortwährender Bewegung zu halten. Ohne dieses Heilmittel wäre ich wahrscheinlich ein hypochondrischer Melancholiker geworden. In späteren Jahren aber, als meine Gemütsruhe wieder völlig sichergestellt war, gab ich meinem natürlichen Hange zur Einsamkeit nach. Da fiel ich, wenn ich Opium genommen hatte, oft in solche Träumereien, und mehr als einmal geschah es in einer Sommernacht, in einem Zimmer, von dem aus ich die See und eine Meile Land unter mir und in derselben Entfernung die große Stadt Liverpool sehen konnte, daß ich bewegungslos, und ohne auch nur einen Wunsch nach Bewegung zu haben, von Sonnenaufgang bis zum Niedergang am offenen Fenster saß. Man wird mir Mystizismus, Böhmeismus, Quietismus und was weiß ich alles zum Vorwurf machen, aber das kümmert mich nicht. Sir H. Vane d. J. war einer der klügsten Männer unserer Zeit; aber meine Leser mögen sich selber überzeugen, ob er in seinen Schriften auch nur halb so unmystisch ist wie ich in den meinigen. Ich sage also, daß es oft vorkam, daß die Szenerie für den Inhalt meiner Träume typisch wurde. Die Stadt Liverpool war die Erde mit ihren Sorgen und ihren Gräbern, die ich hinter mir gelassen hatte, ohne sie ganz aus dem Gesicht zu verlieren oder sie gar völlig zu vergessen. Der Ozean, in ewig ruhevoller Bewegung, überbrütet von taubenähnlicher Stille, würde ziemlich richtig ein Bild meines Geistes und meiner Stimmung wiedergegeben haben. Ich kam mir vor, als stände ich in einiger Entfernung weit über dem Aufruhr des Lebens. Abgestreift waren Fieber und Kampf. Zuflucht hatte ich vor den geheimen Bürden des Lebens gefunden, einen Sabbat des Ausruhens, eine Ausspannung von allem menschlichen Mühen. Hier fand ich die Hoffnungen, die auf den Pfaden des Lebens blühen, vereinigt mit der Friedensruhe des stillen Grabes; die Schwingungen des Geistes waren zu einer unbewegten Ruhe – wie die Himmel – gekommen, und wo einst Angst und Pein war, fand ich jetzt nur noch halkyonischen Frieden; eine Seelenruhe, die nicht von Trägheit herrührte, sondern die Gegenwirkung eines machtvollen, gleichmäßigen Bestrebens war, überkam mich. Kräfte fühlte ich zu unendlicher Tätigkeit und zu unendlicher Seelenruhe.

O gerechtes, wunderbares und mächtiges Opium! Das du gleichmäßig den Herzen der Armen wie der Reichen, gegen Wunden, die nimmer heilen, gegen Qualen, die die Seele aufbrüllen lassen, lindernden Balsam reichst. Beredtes Opium! Das du mit gewaltiger Überzeugungskraft die Auswirkungen des Zornes fortnimmst, das du dem schuldbeladenen Manne für eine Nacht die Hoffnungen seiner Jugend wiederschenkest und das Blut von seinen Händen fortwäschest; das du dem stolzen Manne ein kurzes Vergessen von »nie gutgemachtem Unrecht schenkst und ungerächtem Schimpf«, das du zum Triumph der leidenden Unschuld Meineidige vor den Richterstuhl der Träume lädst und falsches Urteil zur Beschämung führst und ungerechter Richter Spruch umstürzest; das Städte baut und Tempel auf aus der Finsternis Herzen, aus den phantastischen Bildwerken des Hirnes, die weit die Kunst des Phidias und Praxiteles, Babylons und Hekatompylos in den Schatten stellen – das aus der »Anarchie traumschweren Schlummers« ins sonnige Licht verstorbne Schönheit ruft, die ohne allen Schandverfall des Grabes noch einmal leuchten darf für deinen Freund. Nur du allein kannst solche Gaben schenken, du wahrst die Schlüssel zu dem Paradies – gerechtes, mildes, mächtiges Opium! –

Einleitung zu den Leiden des Opiums

Du, liebenswürdiger und hoffentlich auch nachsichtiger Leser (denn meine Leser müssen schon nachsichtig sein, weil ich sonst fürchte, nicht auf ihre Liebenswürdigkeit zählen zu können), hast mich nun bis hierher begleitet, nun laß dich bitten, daß ich acht Jahre überspringen darf, also die Zeit von 1804, als ich zuerst Opium zu nehmen begann, bis 1812. Die Universitätsjahre waren vorbei und vorüber – fast vergessen. Die Studentenmütze preßt nicht mehr meine Schläfen; wenn sie noch existiert, dann drückt sie heute irgendeinen jungen Studiker, von dem ich hoffen will, daß er so glücklich wie ich ist und für das Studium so viel wie ich übrig hat. Mein Talar ist wahrscheinlich in demselben Zustande wie viele tausend ausgezeichneter Bücher in der Bodleian Library, eifrig durcharbeitet von gewissen studienfreudigen Würmern und Motten, oder vielleicht hat er seinen Weg zu dem großen Sammelplatz all der unzähligen Teekessel, -tassen und anderen Teegerätes gefunden, an die mich manchmal die gegenwärtige Generation von Teetöpfen erinnert, weil ich auch einmal einen besessen habe, über dessen spätere Schicksale ich aber nie etwas erfahren konnte. Die Schläge der Kirchenglocke, die ihre unwillkommenen Geräusche um sechs Uhr früh ertönen läßt, unterbrechen meinen Schlaf nicht mehr, und der Pedell, der sie zu läuten hatte, dessen wundervolle Nase (Bronze mit Kupfereinlagen!) mich zur Abfassung manchen griechischen Racheepigramms trieb, ist lange tot und kann niemanden mehr ärgern. Und ich und mancher andere, der unter seiner merkwürdigen Vorliebe für das Glockenläuten gelitten hat, sind übereingekommen, ihm zu verzeihen und ihm seine Sünden nicht nachzutragen. Selbst mit der Glocke habe ich Frieden gemacht. Sie läutet wahrscheinlich immer noch dreimal täglich; ärgert wohl noch immer grausam manchen »würdigen Gentleman« und vernichtet noch immer manchen Seelenfrieden. Mich aber erreicht jetzt im Jahre 1812 ihr scheinheiliger Ton nicht mehr – scheinheilig, weil sie mit raffinierter Bosheit solch süße, silberne Töne aussandte, als lüde sie zu irgendeinem Feste – ihre Töne können nicht mehr zu mir dringen, und hätte der Wind die günstigste Richtung, wie es die Bosheit der Glocke nur sich wünschen könnte – weil ich nun, zweihundertfünfzig Meilen weit fort, mich in die Einsamkeit der Berge vergraben habe. Was ich in den Bergen tue? – Ich nehme Opium. – Was sonst noch? – Nun, lieber Leser, in dem Jahre 1812, das wir nun erreicht haben, so gut wie manches Jahr vorher, studiere ich deutsche Metaphysiker: Kant, Fichte, Schelling. Und wie und auf welche Weise ich lebe? Was für ein Mensch ich eigentlich geworden bin? – – – Ich lebe in dieser Zeit meines Lebens in einem Bauernhause mit einem einzigen weiblichen Dienstboten (*Honni soit qui mal y pense*), der bei meinen Nachbarn die »Haushälterin« heißt. Als studierter Mann mit guter Erziehung darf ich mich wohl der Klasse als unwürdiges Mitglied beizählen, die man ganz undefinierbar »Gentlemen« zu nennen pflegt. Meine Nachbarn halten mich hauptsächlich dafür, weil sie mich kein Geschäft betreiben sehen, also annehmen müssen, daß ich von meinen Zinsen lebe. Höfliche Leute reden mich in der Briefadresse nach gutem englischen Gebrauch mit »Esquire« an, was eigentlich vor den Augen des Heroldsamtes schwere Bedenken erwecken müßte. Sonst bin ich nichts, nicht einmal Friedensrichter oder Standesbeamter. Ob ich verheiratet bin? – Noch nicht! – Ob ich noch Opium nehme? – Jede Samstagnacht! Und wahrscheinlich habe ich das, ohne zu erröten, seit »dem regnerischen Sonntage«, dem »stattlichen Pantheon« und dem »himmlischen Drogisten« von 1804 regelmäßig getan. Was meine Gesundheit bei diesem vielen Opiumgenusse angeht? Also kurz: »Wie geht es Ihnen?« »Oh, aber ganz ausgezeichnet! Danke der gütigen Nachfrage, lieber Leser!« muß ich antworten, wie eine Dame im Wochenbett: »Den Umständen nach vorzüglich!« Tatsächlich wage ich die volle und einfache Wahrheit zu sagen, obgleich ich, um die Theorien der Mediziner zu befriedigen, eigentlich krank sein müßte, fühlte ich mich nie im Leben besser als im Frühling 1812; und ich hoffe zuversichtlich, daß die Quantitäten von Claret, Portwein und echtem Madeira, die du, lieber Leser, in diesem Zeitraum von acht Jahren vertilgt hast, deiner Gesundheit so wenig geschadet haben als der meinigen das Opium, das ich in diesen acht Jahren, von 1804 bis 1812, genommen habe. Ich habe des würdigen Herrn Doktor Buchanan Rat befolgt und nie mehr als fünfundzwanzig Unzen Laudanum genommen. Dieser weisen Mäßigung habe ich es wohl zu verdanken, daß ich bis 1812 die rächenden Schrecken, die das Opium für alle die in Bereitschaft hat, die seine Sanftmut mißbrauchen, nie erfahren habe und nichts darauf schließen läßt, daß ich sie je kennenlernen werde. Dabei darf man aber nicht vergessen, daß ich bisher ein Dilettant des Opiumessens gewesen bin. Acht Jahre Praxis, mit dem einzigen Vorbehalte, daß ich nach jeder Gabe einige Zeit verstreichen ließ, haben es nicht fertig gebracht, daß mir das Opium unentbehrlich werden konnte. Nun aber kommt eine andere Ära; also, lieber Leser, wir sind jetzt im Jahre 1813. – Im Sommer des letzten Jahres hatte meine Gesundheit durch eine tiefe geistige Niedergeschlagenheit, die die Folge eines sehr traurigen Ereignisses war, gelitten. Dieses Ereignis stand in keinerlei Zusammenhang mit dem gegenwärtigen Stoffe und hatte auch keinerlei Einfluß auf die Krankheit, die mich in der Folge anfiel, so daß ich es hier übergehen kann. Ob die Krankheit von 1812 irgendwelchen Einfluß auf die von 1813 gewonnen hat, kann ich nicht entscheiden; aber in diesem letzten Jahre wurde ich von einem fürchterlichen Magenleiden ergriffen, das in jeder Weise dem ähnlich war, das ich in meiner Jugend hatte durchmachen müssen, und begleitet war von einer Wiederkehr der alten Träume. Dies ist der Punkt meiner Erzählung, an dem, zu meiner Rechtfertigung, alles, was ich in Zukunft zu erzählen haben werde, hängt, und hier finde ich mich in einem eigenartigen Dilemma. Entweder muß ich die Geduld meines Lesers durch das Eingehen in die Details meiner Krankheit oder meines Kampfes gegen sie erschöpfen, was genügen würde, die Tatsache zu beweisen, daß ich nicht länger fähig war, mit der Erregung und den andauernden Schmerzen zu ringen; oder andererseits setzte ich mich der Gefahr aus, wenn ich leichthin über diesen kritischen Teil meiner Geschichte hinweggehen wollte, daß meine Leser glauben würden, ich sei nach und nach, wie die meisten Opiumesser, vom ersten Stadium der Vorliebe in das letzte hinübergeglitten, eine Annahme, zu der sie nach meinen vorstehenden Bekenntnissen nur zu leicht geneigt sein könnten. Das ist das Dilemma, das vollauf genügen würde, den Leser von der weiteren Verfolgung meines Berichtes zurückzustoßen. Ich will also annehmen, lieber Leser, daß du mir glauben wirst. Glaube mir also, ganz einfach, daß ich nicht länger zu widerstehen vermochte. Glaube es freiwillig und als einen Akt der Güte, oder wenn du das nicht kannst, glaube es aus Vorsicht ...

Ich sage also, daß ich damals, als ich das Opium täglich zu nehmen begann, nicht anders konnte. Ob es mir später möglich gewesen wäre, mit dieser Gewohnheit wieder zu brechen, selbst als mir jede Anstrengung zwecklos erschien, und ob die zahllosen Anstrengungen, die ich machte, nicht doch Erfolg hätten bringen können, ob ich das allmähliche Wiedergewinnen des verlorenen Bodens nicht energischer hätte betreiben können – das alles sind Fragen, deren Beantwortung ich ablehne. Ich gestehe, daß ich die nicht abzulegende Schwäche habe, ein Eudämonist zu sein, und verlange zu sehr nach Glück, sowohl für mich als für andere. Ich kann dem Elend, weder eigenem noch fremdem, nicht fest genug ins Auge sehen und bin nicht fähig, gegenwärtige Schmerzen um der Anwartschaft auf zukünftigen Glückes willen ruhig zu ertragen.

Vom Ende des Jahres 1813 an muß mich der Leser als einen gewohnheitsmäßigen und regelmäßigen Opiumesser betrachten, den zu fragen, ob er an einem bestimmten Tage Opium genossen habe oder nicht, genau so gut sein würde, als wollte man die Frage stellen, ob seine Lungen an diesem Tage geatmet hätten, oder ob sein Herz seine Funktionen auch erfüllt habe. Jetzt also, lieber Leser, begreifst du, für was du mich zu halten hast, und nun merkst du, daß kein alter Mann »mit schneeweißem Bart« jemals den Erfolg haben wird, mich zu überreden, ihm das »kleine goldene Gefäß mit dem verderblichen Gift« auszuhändigen. Ganz im Gegenteil erkläre ich allen Moralisten und Ärzten, daß sie bei mir, wie sie es auch immer anzufangen und zu begründen versuchen werden, keine Hoffnung auf irgendwelches Entgegenkommen zu haben brauchen, wenn sie auch noch so tolle Vorschläge für einen Fastenmonat oder eine andere Abstinenz vom Opium machen würden. Nachdem ich das alles ausgeführt habe und annehmen kann, daß ich verstanden worden bin, können wir nun wieder vor dem Winde segeln. Also, lieber Leser, nachdem wir so lange auf Grund gesessen haben, so lange Zeit vertrödelt haben – auf! und laß uns drei Jahre weiter fahren. Nun wollen wir den Vorhang wieder hochziehen, und du wirst mich in einem neuen Charakter sehen.

Wenn irgendein Mensch, sei es ein Armer oder Reicher, uns sagen wollte, welches der glücklichste Tag unseres Lebens gewesen ist, und warum und weshalb, so glaube ich, daß wir alle rufen würden: »Hört ihn! Hört ihn!« Denn selbst dem Weisesten muß es sehr schwer werden, den glücklichsten Tag zu nennen, weil irgendein Ereignis, das einen so hervorragenden Platz beanspruchen dürfte, wenn ein Mann auf sein Leben zurückschaut, oder ein besonderes Glück, das über jemanden an einem bestimmten Tage ausgegossen worden ist, von solch dauerndem Charakter gewesen sein muß, daß es – Unfälle ausgeschlossen – fortgefahren haben müßte, dasselbe Glück weiter zu ergießen, oder wenigstens ein nicht viel geringeres, noch viele, viele Jahre hindurch. Das glücklichste Jahrfünft oder doch wenigstens das glücklichste Jahr zu bezeichnen, wird man einem Manne zugestehen dürfen, ohne ihn deshalb für einen Narren zu halten. Dieses Jahr war in meinem Falle, lieber Leser, dasjenige, das wir nun erreicht haben – obwohl es, wie ich zugeben muß, wie eine Einschaltung zwischen dunkleren Jahren stand. Es war ein Jahr vom reinsten Wasser, würde sich ein Juwelenhändler ausdrücken, gefaßt in die Düsterheit und Melancholie des Opiums. So seltsam es klingen mag, ich war kurz vor dieser Zeit allmählich, und ohne daß es mich große Überwindung gekostet hätte, von dreihundertzwanzig Gran Opium (d. h. achttausend Tropfen Laudanum) täglich auf vierzig Gran zurückgegangen. Ganz plötzlich verschwand – es war wie durch Zauberei – die tiefste Melancholie, die auf meinem Hirn gelastet hatte; wie ich schon beobachtet habe, daß eine dunkle Wolke plötzlich sich vom Gipfel eines Gebirges fortzieht, verschwand alles in einem einzigen Tage. Verschwand mit seinem schwarzen Banner, wie ein Schiff, das gestrandet ist und plötzlich von einer Springflut wieder flottgemacht wird.

Nun also war ich wieder glücklich. Ich nahm nur noch tausend Tropfen Laudanum täglich. Und was das zu bedeuten hatte? – Ein später Frühling hatte mir noch einmal die Jugendzeit erschlossen. Mein Hirn formte seine Gedanken so gesund wie nie zuvor. Ich las Kant wieder und verstand ihn wieder, oder – bildete mir wenigstens ein, das zu tun. Und wieder verbreitete sich mein Glücksgefühl über die Menschen meiner Umgebung. Hätte mich jemand aus Oxford oder Cambridge heimgesucht, so hätte ich ihm in meiner bescheidenen Hütte einen Empfang bereitet, wie ihn ein armer Mann nur immer zu bieten vermag. Und was nur immer zum Glücke eines Weisen gefehlt hätte – ich hätte ihm so viel Laudanum geschenkt, wie er immer gewünscht hätte, und das in einer goldenen Schale. Da ich gerade davon rede, Laudanum zu verschenken, erinnere ich mich eines kleinen Vorfalles, dessen ich, so unbedeutend er ist, Erwähnung tun muß, weil der Leser ihn bald wieder in meinen Träumen antreffen wird, auf die er so furchtbar einwirkte, wie man es sich überhaupt nur vorzustellen vermag. Eines Tages klopfte ein Malaie an meine Türe. Was für ein Geschäft ein Malaie in den englischen Bergen auszuführen gehabt haben mag, habe ich mir nie erklären können. Vielleicht war er auf dem Wege zu dem vierzig Meilen entfernten Seehafen.

Das Dienstmädchen, das ihm die Tür öffnete, war ein junges Ding, das in den Bergen geboren und aufgewachsen war und niemals eine asiatische Kleidung irgendwelcher Art gesehen hatte. Sein Turban brachte sie in nicht geringe Verwirrung, und als sich herausstellte, daß seine englischen Kenntnisse genau so groß waren wie ihre malaiischen, schien sich ein unausfüllbarer Abgrund zwischen der Mitteilung ihrer Ideen aufzutun, wenn einer von den beiden überhaupt welche hatte, was sich nicht ganz bestimmt behaupten läßt. In diesem Dilemma erinnerte sich die Kleine des vielgerühmten Wissens ihres Brotherrn – zweifellos schrieb sie mir die Kenntnis aller Sprachen des Erdballes und außerdem die einiger vom Monde zu –, kam und gab mir zu verstehen, daß da draußen irgendein Dämon sei, von dem sie annehme, daß meine Kunst ihn von dem Hause fortexorzisieren könne. Ich ging nicht sofort hinunter, aber als ich es dann tat, erblickte ich eine Gruppe, die der Zufall zusammengestellt hatte und, obgleich sie nichts Bedeutendes darstellte, sich fester in meine Phantasie eingrub, als irgendeins der Bilder in den Balletts des Opernhauses es je getan hat. In einer Bauernküche, die an den Wänden mit schwarzem Holz, das vom Alter und vom Saubermachen fast wie Eiche aussah, bekleidet war, und das ihr mehr den Anblick einer großen Landhausdiele gab als den einer Küche, stand der Malaie. Sein Turban und seine weiten Beinkleider von schmutzigem Weiß hoben sich von der dunklen Paneelierung ab. Er hatte sich näher zu dem Mädchen gestellt, als diesem wohl angenehm war; aber der angeborene Geist von Unerschrockenheit, den die Bergbewohner haben, schien mit einem Ausdruck von Furcht auf ihrem Gesicht zu streiten, während sie die Tigerkatze vor sich betrachtete. Ein wundervolleres Bild kann man sich kaum vorstellen als das feine englische Gesicht des Mädchens mit ihrer exquisiten Zartheit, ihrer aufrechten, ein wenig stolzen Haltung, neben dem gelbgrünen Gesicht des Malaien, das die Seeluft mit einer Art Mahagoniglanz überzogen hatte, seinen schmalen, wilden, rastlosen Augen, dünnen Lippen und sklavisch-unterwürfigen Bewegungen. Halb verborgen von dem wildblickenden Malaien war ein kleines Kind aus einer Nachbarhütte, das sich hinter ihm eingeschlichen hatte und nun, mit zurückgelegtem Kopfe und nach oben blickend, nach dem Turban und den wilden Augen darunter sah, während es sich mit einer Hand schutzsuchend am Kleide des jungen Mädchens hielt. Meine Kenntnis der orientalischen Sprachen ist nicht besonders tief, da sie sich nur auf zwei Worte beschränkt, auf das arabische für Gerste und – das türkische für Opium (*madjoon*), die ich im Anastasius fand. Und da ich weder ein malaiisches Wörterbuch noch Adelungs »Mithridates« hatte, aus dem ich mir vielleicht mit ein paar Worten hätte helfen können, redete ich ihn mit einigen griechischen Versen der Ilias an, in Anbetracht der Tatsache, daß von allen Sprachen, die ich kannte, das Griechische den orientalischen Sprachen, wenigstens in bezug auf die geographische Lage, am nächsten kam. Er erwies mir in sehr demütiger Weise seinen Gegengruß und antwortete in einem Idiom, von dem ich annehme, daß es malaisch war. So rettete ich mein Ansehen bei der Nachbarschaft, denn der Malaie konnte ja nichts verraten. Er legte sich für eine Stunde auf den Fußboden nieder und wollte alsdann seine Reise fortsetzen. Bei seinem Fortgange reichte ich ihm ein Stück Opium. Ihm, als einem Orientalen, mußte das Opium bekannt sein, und der Ausdruck seines Gesichtes bestätigte mir, daß dem so war. Doch war ich von einiger Bestürzung ergriffen, als ich ihn geschwind die Hand zum Munde führen und das Ganze, das ich ihm in drei Teile geteilt hatte – um die Schuljungensprache zu benutzen –, »auf einen Mundvoll hinunterschlingen« sah. Das Quantum hätte genügt, um drei Dragoner mit ihren Pferden zu töten, und das Schicksal des armen Kerls machte mir Gedanken. Aber was konnte ich tun? – Ich hatte ihm aus Mitgefühl für sein einsames Leben das Opium gegeben, da ich mir sagen mußte, daß er von London aus wenigstens drei Wochen unterwegs war, ohne mit einem menschlichen Wesen einen Gedanken ausgetauscht zu haben. Doch durfte ich jetzt nicht die Gesetze der Gastfreundschaft verletzen und ihm gewaltsam ein Brechmittel einflößen. Er würde wahrscheinlich voll Schreck geglaubt haben, daß wir ihn irgendeinem englischen Götzen opfern wollten. Nein, ich konnte ihm nicht helfen. Er zog fort, und einige Tage lang war ich sehr besorgt, aber ich habe nichts davon gehört, daß man einen toten Malaien gefunden hat, und schließlich kam mir die Überzeugung, daß er an Opium gewöhnt war und daß ich ihm den Dienst erwiesen hatte, den ich beabsichtigte – ihn für eine Nacht von den Mühsalen seiner Wanderungen zu erlösen.

Diesen Vorfall habe ich der Erwähnung wert gefunden, weil dieser Malaie (teils wegen des malerischen Bildes, zu dem er gestanden, teils wegen der Sorge, die ich mit der Vorstellung von ihm einige Tage hindurch ausgestanden habe) später in meinen Träumen auftauchte, andere Malaien mit sich brachte, Amok nach mir lief und mich in eine Welt von Qualen schleppte. Aber nun genug von dieser Episode und zurück zu meinem Schaltjahr der Glückseligkeit! Ich habe bereits gesagt, daß wir, wenn es sich um ein für uns alle so wichtiges Ding wie das Glück handelt, gern von den Erfahrungen und Experimenten eines jeglichen Menschen reden hören, und wenn selbst der Erzähler nur ein einfacher Ackerknecht wäre, von dem wir nicht erwarten können, daß er den schwer zu behandelnden Boden menschlicher Leiden und Freuden allzu tief durchpflügt habe oder seine Nachforschungen nach irgendwelchen erleuchteten Gesichtspunkten eingerichtet hätte. Ich jedoch, der ich das Glück in beiden Gestalten, in flüssiger und fester Form, gekocht und ungekocht, ostindisches und türkisches genossen habe, ich, der seine Experimente über diesen wichtigen Gegenstand mit einer Art galvanischer Batterie durchgeführt hat, sich zum gemeinen Nutzen der ganzen Welt täglich mit achttausend Tropfen Laudanum geimpft hat – genau so, wie ein französischer Arzt sich zum selben Zwecke mit Krebsgift, ein englischer vor etwa zwanzig Jahren mit Pestgift und ein dritter, dessen Nationalität mir unbekannt ist, mit Tollwutgift sich impften –, ich, das wird man zugeben müssen, muß bestimmt wissen, was Glück ist, wenn es überhaupt jemanden gibt, der das weiß. Und deshalb will ich hier eine Analyse des Glücks niederlegen; und um sie interessanter zu übermitteln, will ich nicht didaktisch berichten, sondern in die Beschreibung eines Abends eingehüllt, wie ich jeden Abend während des Schaltjahres erlebte, in dem, obwohl ich täglich Laudanum nahm, es doch mir nicht mehr bedeutete als das Elixir der Freude. Wenn dies geschehen ist, muß ich alsobald damit Schluß machen, über die Freude zu reden, und mich einem davon sehr verschiedenen Gegenstande zuwenden: Den Schrecken des Opiums.

Man stelle sich eine Hütte vor, die in einem Tale, achtzehn Meilen von jeder Stadt entfernt, steht. Das Tal ist nicht groß, etwa zwei Meilen lang und dreiviertel Meile breit im Durchschnitt. All die Familien, die in diesem Tale wohnen, scheinen einen einzigen großen Haushalt zu bilden, sind deinem Auge vertraut und deiner Zuneigung mehr oder weniger nahe! Die Berge sind ungefähr drei- bis viertausend Fuß hoch, und die Bauernhütten sind richtige Hütten. Stelle dir ein weißes Häuschen in einem blühenden Garten vor, dessen Blüten an den Wänden emporklettern und sich um die Fenster herumranken, den ganzen Frühling, Sommer und Herbst hindurch. Mit Maiblumen fängt es an und hört mit Jasmin auf. Laß meinetwegen nicht Frühling, Sommer oder Herbst, sondern den kältesten Winter sein. – Hier komme ich zu einem wichtigen Punkte in der Erkenntnis vom Glück. Ich habe zu meiner Überraschung gesehen, daß es Leute gibt, die ihn übersehen; die es für ein Glück halten, wenn der Winter Abschied nimmt oder bei seiner Ankunft nicht gar zu hart ist. Ich dagegen petitioniere jedes Jahr um so viel Schnee, Hagel, Frost und Sturm, von der einen oder anderen Art, als die Himmel immer nur gewähren können. Sicher kennt jedermann die himmlischen Freuden, die im Winter ein warmer Kamin gewährt, die brennenden Kerzen um vier Uhr nachmittags, warme Kaminvorleger, Tee, ein nettes Wesen, das den Tee bereitet, geschlossene Fensterläden, herabgelassene Vorhänge, die in schweren Falten zu Boden fallen, während Wind und Regen draußen rasen.

All das sind Dinge, die jedem, der in nördlichen Breiten geboren ist, in der Beschreibung eines Winterabends wohlbekannt sein dürften. All diese Delikatessen erfordern – wie Eiscreme – eine ziemlich niedere Temperatur zu ihrer Herstellung. Es sind Früchte, die nicht ohne stürmisches und in mancher Art unerfreuliches Wetter zur Reife kommen. Ich bin kein »Sonderling«, wie die Leute sagen, gleichgültig ob es sich um Schnee, Frost oder Wind handelt, und wenn er, wie ein Bekannter von mir zu sagen pflegt, so stark ist, »daß man sich dagegenlehnen kann, wie gegen einen Türpfosten«. Ich nehme es mit jedem Regen auf, aber – es muß »Katzen und

Hunde regnen«, etwas in dieser Art habe ich immer nötig, und wenn es mir fehlt, komme ich mir schlecht bedient vor. Denn weshalb muß ich im Winter für Kohlen, Kerzen und mancherlei Entbehrungen so viel bezahlen, wenn ich dafür nicht alles so gut als möglich bekommen kann? Nein, ich verlange einen kanadischen Winter für mein Geld, oder einen russischen, in dem jeder Mann den Nordwind als Mitbesitzer an seinen eigenen Ohren hat. Ich bin tatsächlich in dieser Hinsicht ein solcher Epikureer, daß ich keinen Winterabend ganz genießen kann, solange nicht St.-Thomas-Tag vorüber ist und das Wetter noch eine abscheuliche Neigung zu frühlinghafter Lauigkeit bekundet. Nein, der Winter muß durch einen dicken Wall von schwarzen Nächten von der Rückkunft des Lichtes und des Sonnenscheins getrennt sein. Die Zeit zwischen den letzten Oktoberwochen und Heiligabend ist deshalb die Blütezeit des Glückes, das meiner Ansicht nach mit dem Teebrett ins Zimmer tritt. Denn Tee, obgleich er von denen, die von Natur oder durch vielen Weingenuß abgestumpfte Nerven bekommen haben und dem Einflusse eines so seinen Anregungsmittels nicht zugänglich sind, so oft lächerlich gemacht wird, wird stets das Lieblingsgetränk aller geistigen Menschen sein. Und ich würde mich mit Dr. Johnson zu einem *Bellum internecinum* gegen Jonas Hanway und gegen jede andere unehrerbietige Person verbinden, die den Tee zu verschimpfieren wagen sollte. Aber nun, um mir allzuviel wortreiche Erklärungen zu ersparen, will ich einen Maler einführen und ihm Weisungen erteilen, wie er das Bild vollenden soll. Malersleute lieben keine weißen Hütten, wenn sie nicht sehr vom Wetter mitgenommen sind; aber da der Leser ja schon weiß, daß wir in einer Winternacht sind, werden seine Dienste ja nur für die Innenseite des Hauses in Anspruch genommen werden.

Male er mir also ein Zimmer siebzehn Fuß zu zwölf und nicht höher als sieben und einen halben. Dieser Raum wird in meinem Hause ein wenig anspruchsvoll »das Wohnzimmer« genannt. Da es jedoch einem doppelten Zwecke dienen muß, ist es zugleich und heißt auch »die Bibliothek«, denn Bücher sind das einzige Eigentum, an dem ich reicher als alle meine Nachbarn bin. Davon habe ich so ungefähr fünftausend, die ich seit meinem achtzehnten Jahre gesammelt habe. Deshalb, lieber Malersmann, setze so viele in den Raum, als nur hineingehen. Bevölkere das Zimmer mit Büchern und male mir außerdem ein gutes Feuer und einfache, bescheidene Möbel, wie sie in die Klause eines Gelehrten passen. Nahe beim Feuer male mir einen Teetisch, und da einen ja in solch stürmischer Nacht niemand besuchen kann, stelle nur zwei Tassen und Untertassen auf das Teebrett; wenn du ein symbolisches Ding malen kannst, male mir auch eine »ewige Teekanne« – ewig *a parte ante* und *a parte post* –, denn ich pflege von acht Uhr abends bis vier Uhr morgens beim Teetrinken zu bleiben. Und da es sehr langweilig ist, sich selber den Tee herzustellen und einzugießen, male mir eine liebliche junge Frau, die an dem Teetische sitzt. Male ihre Arme wie die der Aurora und ihr Lächeln wie das einer Hebe. Doch nein, Liebste – nicht einmal im Scherz will ich zugeben, daß die Kraft, mein Heim zu erleuchten, von so vergänglichen Dingen wie äußerlicher Schönheit abhängt, und daß die Zauberkraft englischen Lächelns von einem irdischen Pinsel wiedergegeben werden könnte. Schreite lieber zu Dingen, die mehr in deiner Macht liegen, lieber Malersmann. – Und da mußte der nächste Gegenstand wohl ich selber sein – das Bild des Opiumessers mit seinem »kleinen goldenen Reliquiar mit dem verderblichen Gifte«, das neben ihm auf dem Tische liegt. Was das Opium anbetrifft, so habe ich nichts dagegen, es gemalt zu sehen, obgleich es mir im Original lieber wäre. Doch muß ich dir sagen, daß kein »kleines Reliquiar« seinen Zweck bei mir erfüllen könnte, der ich weit von dem »stattlichen Pantheon« und von allen Drogisten, sterblichen und unsterblichen, entfernt lebe. Male also schon lieber den wirklichen Opiumbehälter, der zwar nicht aus Gold, wohl aber aus Glas ist und einer Weinkaraffe zum Verwechseln ähnlich sieht. Dahinein tue ein Maß rubinfarbenen Laudanums; das und ein Buch über deutsche Metaphysik wird genügen, anzuzeigen, daß ich in der Nähe bin. Was mich selber aber betrifft, so mache ich einige Einwendungen. Ich gebe zu, daß ich als Held des Stückes im Vordergrunde des Bildes stehen müßte oder, wenn du meinst, als Angeklagter vor dem Richtertische. Das scheint richtig zu sein. Warum aber sollte ich deshalb einen Maler zum Beichtvater wählen? Oder warum überhaupt beichten? Wenn das Publikum, in dessen privates Ohr ich diese Bekenntnisse flüsternd beichte – und nicht in das irgendeines Malers – sich bereits zum Hausgebrauche ein angenehmes Bild von dem Opiumesser gemacht hat, ihm romantisch eine elegante Erscheinung oder ein hübsches Gesicht zugeschrieben hat, warum sollte ich barbarisch von dieser angenehmen Illusion, die sowohl dem Publikum als mir selbst gefällt, den Schleier lüften? Nein, male mich, wenn du mich überhaupt malen willst, aus der Phantasie. Und da die Phantasie eines Malers an schönen Schöpfungen übervoll sein soll, kann ich auf diese Art und Weise nur gewinnen.

Und nun, lieber Leser, haben wir alle zehn Kategorien meines Zustandes, wie er in den Jahren von 1816 bis 1817 sich darbot, durchlaufen. Bis zur Mitte des letzten Jahres darf ich mich einen glücklichen Mann nennen. Die Bestandteile meines Glückes habe ich mich bemüht dir vorzuführen in dem Bild vom Innern der Bücherei eines Gelehrten, in einer Hütte in den Bergen, an einem stürmischen Winterabend.

Und nun: Lebe wohl! – Ein langes Lebewohl – dem Glück, winters wie sommers! Lebt wohl, Lächeln und Lachen! Lebe wohl, du Seelenfriede! Lebet wohl, Hoffnung und stille Träume und ihr gesegneten Tröstungen des Schlafes! Für mehr als drei Jahre muß ich von ihnen allen in die Verbannung gehen. Nun bin ich angelangt bei jener Ilias von Leid, nun muß ich Bericht erstatten von den Schrecken des Opiums.

Schrecken des Opiums

Lieber Leser, der du mich so weit begleitet hast, ich muß, bevor ich fortfahre, dich über drei Punkte aufklären:

Der erste betrifft die Tatsache, daß ich leider die Notizen für den hier folgenden Teil nicht in eine regelmäßige und zusammenhängende Form zu bringen vermocht habe. Deshalb gebe ich sie so wieder, wie ich sie vorfinde oder meinem Gedächtnis entnehme. Bei einigen ergibt sich das Datum von selbst, andere habe ich datieren können und einige mußte ich undatiert lassen. Wo es mir mit Rücksicht auf die Wirkung und den Zusammenhang zweckmäßig erschien, habe ich kein Bedenken getragen, von der chronologischen Folge der Geschehnisse abzuweichen. Manchmal spreche ich in der Gegenwart, manchmal in der Vergangenheit. Die wenigsten der Notizen wurden zur Zeit des berichteten Geschehens niedergeschrieben. Das aber kann ihre Genauigkeit nicht beeinträchtigen, da ja die Eindrücke, die ich empfing, in meinem Gedächtnis nicht welken können. Vieles habe ich ausgelassen, denn ich konnte mich nicht zwingen, die ganze Last der Schrecken, die auf mir ruhte, zurückzurufen und in regelmäßige, erzählende Form zu gießen. Deshalb bitte ich, teils diese Gefühle, teils die Tatsache als Entschuldigung gelten lassen zu wollen, daß ich jetzt in London bin und – da die Hände, die sonst für mich Sekretärdienste tun, mir jetzt fehlen – ich ein hilfloser armer Teufel bin, der nicht einmal in der Lage ist, seine Papiere selber in Ordnung zu halten. Zum anderen wird man vielleicht das Gefühl haben, daß ich zu vertrauensvoll und mitteilsam bin, was meine eigene Privatgeschichte angeht. Das mag der Fall sein. Aber meine Art zu schreiben ist eigentlich nur ein lautes Denken und meinen Eingebungen zu folgen, ohne viel zu überlegen, wer mir zuhört. Denn wenn ich erst anfangen wollte, zu überlegen, was passend für diese und jene Person ist, dann würden mir nur allzubald Zweifel aufsteigen, ob es überhaupt passend sei, etwas niederzuschreiben. So aber setze ich mich – in einem Abstande von fünfzehn bis zwanzig Jahren der zu beschreibenden Zeit gegenüber und nehme mir vor, ohne andere Rücksichtnahme, für diejenigen zu schreiben, die danach noch an mir Interesse nehmen. Und da ich den Wunsch habe, die Zeit auszunutzen und die vollständige Geschichte zu berichten, über die außer mir niemand Rechenschaft zu geben vermag, tue ich das so vollständig als möglich und mit Aufwendung aller Anstrengung, deren ich fähig bin, weil ich nicht weiß, ob ich jemals sonst noch die Zeit dazu finden werde.

Drittens wird dem Leser manchmal die Frage aufsteigen, warum ich mich nicht von den Schrecken des Opiums befreite, entweder dadurch, daß ich es aufgab, oder dadurch, daß ich den Genuß wenigstens einschränkte. Darauf antworte ich kurz: Es kann so aussehen, als sei ich den Lockungen des Opiums zu leicht gefolgt, denn daß man es um der Schrecken willen nimmt, wird ja niemand voraussetzen. Der Leser kann versichert sein, daß ich zahllose Anstrengungen machte, um die Dosen einzuschränken. Ich füge hinzu, daß diejenigen, die Zeugen der Seelenkämpfe dieser Anstrengungen waren – und nicht ich selber –, die ersten waren, die mich baten, davon wieder Abstand zu nehmen. – Aber hätte ich nicht wenigstens täglich einen einzigen Tropfen weniger nehmen können, oder durch Verdünnung mit Wasser die Lösung auf die Hälfte oder ein Drittel ihrer Wirksamkeit reduzieren können? Um von tausend Tropfen zurückzugehen, würde diese Kur etwa sechs Jahre in Anspruch genommen haben, und das würde doch nicht der richtige Weg gewesen sein. Die Annahme, daß es möglich sei, auf dem beschriebenen Wege zu einem Erfolge zu gelangen, ist der gewöhnliche Fehler all derer, die Opium nicht aus eigener Erfahrung kennen. Ich wende mich an die, die selber Erfahrung besitzen, und bitte, mir zu bestätigen, ob es nicht stimmt, daß man bis zu einem gewissen Punkt die tägliche Gabe mit Leichtigkeit und sogar mit Vergnügen verringern kann, daß aber von diesem Punkte ab jede Verringerung entsetzliche Qualen verursacht. »Gewiß«, urteilen manche Leute, die nicht aus Erfahrung sprechen, gedankenlos, »wird einige Tage hindurch Niedergeschlagenheit und Mißbehagen eintreten.« – Nein! sage ich. Von Niedergeschlagenheit ist keine Rede. Das Gegenteil ist der Fall. Die animalische Körpertätigkeit ist ungewöhnlich angeregt. Der Puls schlägt schneller, man fühlt sich gesund. Nicht da liegt das Leiden. Es hat keine Ähnlichkeit mit dem von der Alkoholenthaltsamkeit verursachten. Es tritt vielmehr eine nicht zu beschreibende Magenreizung, verbunden mit starken Schweißausbrüchen und allerlei anderen Empfindungen, auf, die ich hier, weil dazu zu wenig Raum zur Verfügung steht, nicht beschreiben kann. Ich werde jetzt *in medias res* gehen und aus der Zeit, zu der mein Opiumleiden seinen Höhepunkt erreicht hatte, einen Bericht über seine lähmenden Wirkungen auf die intellektuellen Fähigkeiten voraussenden.

Seit langem habe ich nun meine Studien schon unterbrochen. Ich kann weder mit Genuß lesen noch auch nur einen Augenblick lang mich konzentrieren. Zu anderer Leute Vergnügen lese ich manchmal laut vor, weil ich eine Fertigkeit im Vorlesen besitze, die auch die einzige »Fertigkeit« ist, die ich habe; wenigstens wenn man die übliche Bedeutung dieses Begriffes zugrunde legt. Früher, als ich noch stolz auf meine Fähigkeiten und Begabungen war, machte es mir Spaß, weil ich gemerkt hatte, daß keine Fähigkeit so selten ist als die, gut vorlesen zu können. Schauspieler sind die schlechtesten Vorleser. Einer meiner Freunde, der als sehr guter Schauspieler gilt, liest geradezu schlecht, und eine Freundin, die als Schauspielerin berühmt ist, kann nur dramatische Stoffe gut vorlesen. Milton z. B. liest sie unerträglich. Die meisten Leute lesen poetische Stoffe entweder ohne rechte innere Anteilnahme, oder aber sie übertreiben. – Manchmal kommt eine junge Dame zum Tee zu uns, und wenn sie und meine Gattin dann bitten, lese ich ihnen aus Wordsworths Gedichten vor. Wordsworth war der einzige Dichter, den ich je getroffen habe, der seine eigenen Gedichte vorlesen konnte; manchmal las er geradezu bewundernswürdig.

Seit nahezu zwei Jahren habe ich mit Ausnahme eines einzigen Buches kein anderes mehr gelesen; dem Verfasser dieses einen aber schulde ich so großen Dank, daß ich seinen Namen nennen muß, um damit meine Schuld abzutragen. Erhabene und leidenschaftliche Dichtungen lese ich nur noch gelegentlich, und dann auch nur in Kostproben. Früher war es mein eigentlicher Beruf, die analytischen Fähigkeiten meines Verstandes zu üben. Analytische Studien aber muß man zusammenhängend und nicht durch fortgesetzte Pausen und Anläufe unterbrochen oder bruchstückweise betreiben. Mathematik, exakte Philosophie und ähnliche Studien aber waren mir unerträglich geworden. Da, im Jahre 1819, sandte mir ein Edinburger Freund Ricardos Werk. Ehe ich das erste Kapitel noch zu Ende gelesen hatte, sagte ich mir: »Das ist mein Mann!« Verwunderung und Neugier waren Fähigkeiten, die seit langem in mir erstorben waren. Jetzt verwunderte ich mich endlich wieder. Ich wunderte mich über mich selbst, daß ich wieder Reiz am Lesen fand, und noch mehr wunderte ich mich über das Buch. War dieses tiefschürfende Werk tatsächlich in dem England des neunzehnten Jahrhunderts geschrieben worden? War das überhaupt möglich? Ich hatte schon geglaubt, daß das Denken in England erstorben sei. Konnte es möglich sein, daß ein Engländer, ohne akademischen Lehrstuhl, vielmehr bedrückt von kaufmännischen und Verwaltungssorgen, vollendet hatte, was alle Universitäten Europas und die Denker eines Jahrhunderts nicht hatten schaffen können? Alle anderen Schriftsteller waren von der Masse der Tatsachen und Dokumente erdrückt und zermalmt worden. Ricardo hatte *a priori* aus dem Verstande selbst Gesetze abgeleitet, die zuerst Licht in das schwerfällige Chaos der Materie warfen, und hatte aus dem, was früher nur eine Sammlung von Einzeluntersuchungen und Streitfragen gewesen war, eine systematische Wissenschaft geschaffen, die nun zum ersten Male eine bleibende Grundlage besaß.

So gelang es einem einzigen tiefschürfenden Werke, mir Schaffensfreude und Tatkraft, die ich seit Jahren nicht mehr gekannt hatte, zurückzugeben. Es rüttelte mich sogar auf, wieder zu schreiben oder doch wenigstens meiner Lebensgefährtin das zu diktieren, was sie für mich zu Papier brachte. Ich hatte nämlich den Eindruck, daß einige wichtige Tatsachen selbst dem Scharfsinne Ricardos entgangen seien, und daß diese meist so geartet seien, daß ich sie am kürzesten und elegantesten durch mathematische Formeln ausdrücken oder beschreiben konnte, im Gegensatz zu der üblichen plumpen und schwerfälligen Ausdrucksweise der Nationalökonomen. Das Ganze war nicht mehr als ein Notizbuch. Und da es so wenig Umfang hatte, schrieb ich mit meiner Gattin Hilfe, so wenig ich auch größeren Anstrengungen gewachsen war, damals meine »Prolegomena zu allen künftigen Systemen der Nationalökonomie«. Ich hoffe, man wird ihnen nichts vom Opium anmerken, obgleich der Gegenstand für die meisten Leute ein vollgültiges Schlafmittel darstellt.

Dieser Aufschwung war jedoch nur ein vorübergehendes Aufblitzen, wie die Folge bewies. Ich beabsichtigte, mein Werk zum Druck zu geben, und in einer Provinzstadt, achtzehn Meilen von meinem Wohnorte entfernt, wurden in einer Druckerei bereits alle Vorbereitungen getroffen. Zu diesem Zwecke wurde ein Hilfssetzer für einige Tage eingestellt. Das Werk war bereits zweimal annonciert, und ich war bereits auf irgendeine Weise zur Einhaltung meiner Absichten verpflichtet. Aber ich mußte noch eine Einleitung und eine Widmung an Ricardo schreiben, die ich so glänzend als möglich abfassen wollte – da fand ich mich völlig unfähig, das Werk zu vollenden. Die Vorbereitungen mußten rückgängig gemacht werden, der Hilfssetzer wurde wieder entlassen, und meine Prolegomena blieben friedlich bei ihrem älteren und würdigeren Bruder liegen.

Ich habe hier die geistige Erstarrung, die auf mir lastete, in Ausdrücken beschrieben, die auf die gesamten vier Jahre, während deren ich mich unter dem Circe-Zauber des Opiums befand, mehr oder weniger zutreffen. Hätte ich nicht Elend und Leiden verspürt, so hätte ich sagen können, daß ich mich in einem Schlafzustande befand. Ich konnte mich selten dazu zwingen, einen Brief zu schreiben; eine kurze Antwort, aus wenigen Worten bestehend, auf Briefe, die ich erhielt, war das Äußerste, was ich zu leisten vermochte, und oftmals auch das erst, nachdem der Brief Wochen und Monate hindurch auf meinem Schreibtisch gelegen hatte. Ohne die Hilfe meiner Frau wären alle Rechnungen, bezahlte und unbezahlte, verlorengegangen, und meine ganze häusliche Ökonomie wäre – trotz aller Nationalökonomie – in unentwirrbare Unordnung geraten. Ich will vermeiden, noch einmal über diesen Teil meines Befindens ausführlich zu werden. Aber dieser Zustand wird schließlich jedem Opiumesser so drückend und niederschlagend erscheinen wie nur irgendein anderer, denn die Unfähigkeit und Schwäche bringt ihn zur Vernachlässigung seiner täglichen Pflichten, und die Gewissensbisse darüber treiben ihn zu immer größer werdender Verwirrung. Der dem Opium Verfallene verliert nämlich nichts von seiner moralischen Urteilskraft und seinem Streben. Er wünscht und verlangt so ernsthaft, wie immer sonst wann, durchzuführen, was ihm als möglich erscheint und wozu die Pflicht ihn treibt. Doch leider geht das, was ihm als möglich erscheint, meist über seine Kräfte hinaus, nicht allein in der Durchführung, sondern selbst schon, sich zum Versuche aufzuraffen, mißlingt.

– Er liegt beständig unter einem Alpdruck; beständig sieht er alles vor sich liegen, das er gern ausführen möchte, wie ein Mensch, der durch die tödliche Schwäche entkräftender Krankheit ans Bett gefesselt ist, untätig zuschauen muß, wie man den Gegenstand seiner zärtlichsten Neigungen beleidigt und mißhandelt; – er verflucht den Zauber, der ihn unbeweglich niederhält, er würde sein Leben hingeben, könnte er nur einmal aufstehen und hin und her gehen. Aber er ist kraftlos wie ein Kind und darf nicht einmal den Versuch machen, sich zu erheben.

Ich komme nun zum Hauptgegenstande dieser Bekenntnisse: zur Geschichte und dem Inhalte meiner Träume, denn diese waren die unmittelbare und naheliegendste Ursache meiner Qualen.

Das erste Anzeichen dafür, daß sich in meiner Leibesbeschaffenheit merkliche Änderungen vollzogen, gewann ich durch die Beobachtung, daß ein gewisser Zustand des Auges, der sonst nur der Kindheit eigen ist, wiederkehrte. Ich weiß nicht, ob meinen Lesern bekannt ist, daß viele Kinder – vielleicht die meisten – die Fähigkeit besitzen, allerlei Traumbilder in die Dunkelheit hineinzusehen. Bei manchen ist das nur eine mechanische Affektation des Auges; andere können diese Bilder mehr oder weniger freiwillig hervorrufen. Einmal erzählte mir ein Kind, das ich darüber befragte: »Ich kann sie gehen heißen, dann gehen sie; manchmal aber kommen sie zu einer Zeit, wo ich sie gar nicht gerufen habe.« Darauf sagte ich zu ihm, daß es ja dann eine Macht über die Geistererscheinungen habe wie ein römischer Zenturio über seine Soldaten. – Mitte 1817, glaube ich, wurde diese Fähigkeit bei mir geradezu beängstigend. Wenn ich wach im Bett lag, schritten endlose Prozessionen im Trauerpomp an mir vorüber; Friese von nie endenden Geschichten erschienen, die mir so traurig und so feierlich vorkamen, als seien sie Erzählungen aus versunkenen Zeiten, die vor denen des Ödipus oder Priamos, vor Tyrus und vor Memphis lagen. Zu gleicher Zeit vollzog sich ein damit im Zusammenhang stehender Wechsel in meinen Träumen: in meinem Hirn schien sich ein Theater geöffnet und erleuchtet zu haben, das mir nächtlich Schauspiele von überirdischer Pracht darbot. Vier Tatsachen möchte ich insbesondere in dieser Zeit als erwähnenswert bezeichnen:

Erstens: Daß, während der schöpferische Zustand des Auges sich verstärkte, zwischen dem wachen und dem träumenden Zustande des Gehirns korrespondierender Zusammenhang entstand. Nämlich daß, was immer mir einfiel und was auch immer ich durch einen Akt des Willens auf die Dunkelheit malte, sehr geneigt war, sich auf meine Träume zu übertragen, so daß ich fürchtete, diese Fähigkeit könne sich in übertriebenem Maße ausbilden. Denn wie Midas alle Dinge in Gold zu verwandeln vermochte und sich dennoch in seinen Hoffnungen betrogen und in seinen Wünschen genasführt sah, so nahm bald alles, was ich in der Dunkelheit dachte, vor meinen offenen Augen phantomartige Gestalt an und wurde durch einen nicht mehr zu vermeidenden Prozeß, wenn es erst einmal in schwachen und visionären Farben gemalt war, wie Schriftzüge, die mit sympathetischer Tinte geschrieben wurden, im heißen chemischen Ofen meiner Träume zu solch unerträglichem Glanze gesteigert, daß mein Herz das nicht zu ertragen vermochte.

Zum andern: Diese und alle anderen Veränderungen meiner Träume waren von tiefsitzenden Angstzuständen und trüber Melancholie begleitet, so wie man sie durch Beschreibungen nicht schildern kann. Ich schien jede Nacht, nicht metaphorisch, sondern in der einfachen Bedeutung des Wortes, in tiefe Schlünde und sonnenlose Abgründe hinunterzusteigen, in unergründliche Tiefen, aus denen ein Wiederaufsteigen als hoffnungslos erscheinen mußte. Selbst wenn ich wachte, hatte ich nicht das Gefühl, wieder oben zu sein. Doch ich will nicht dabei verweilen, weil die Verdüsterung, die auf diese glänzenden Schauspiele folgte, schließlich zu der letzten Finsternis selbstmörderischer Gedanken führte, die man durch Worte nicht beschreiben kann.

Drittens war das Gefühl für Zeit und in der Folge auch das für Raum gefährlich erregt. Gebäude, Landschaften und vielerlei andere Dinge erstanden in solch ungeheuren Dimensionen vor mir, daß sie das menschliche Auge nicht zu fassen vermag. Der Raum schwoll zu unbeschreiblicher Weite an. Das aber beunruhigte mich nicht so sehr als die ungeheuerliche Ausdehnung der Zeit. Manchmal kam es mir vor, als hätte ich siebzig oder hundert Jahre in einer Nacht gelebt. Manchmal glaubte ich, es seien in der Zeit tausend Jahre vergangen oder jedenfalls Zeiträume von einer Dauer, die außerhalb der Grenzen jeder menschlichen Erfahrung liegen.

Und viertens lebten die geringfügigsten Erlebnisse meiner Kindheit und vergessene Szenen aus späteren Jahren oftmals wieder auf. Ich konnte nicht sagen, daß ich mich ihrer erinnerte, denn hätte man mich in wachem Zustande gefragt, so würde ich sie nicht als Teile meiner Vergangenheit erkannt haben. Wenn sie dann aber in Träumen, wie Intuitionen, vor mir standen, in allerlei flüchtige Umstände und begleitende Gefühle gekleidet, dann erkannte ich sie sogleich. Eine nahe Verwandte erzählte mir einmal, daß, als sie in ihrer Kindheit in einen Fluß gefallen und an der Schwelle des Todes gelegen sei, sie in einem Augenblick ihr ganzes vergangenes Leben wie in einem Spiegel vor sich gesehen habe, und das bis in die kleinsten Einzelheiten. Zu gleicher Zeit habe sie die Fähigkeit verspürt, auf einmal jeden Teil einzeln und das Ganze zu umfassen. Nach einigen meiner Opiumerfahrungen zu urteilen, kann ich das wohl glauben. Ich habe das Thema zweimal in modernen Büchern behandelt gefunden, und zwar von einer Bemerkung begleitet, von der ich überzeugt bin, daß sie richtig ist; nämlich der, daß mit dem furchtbaren Buche der Vergeltung, von dem die Heilige Schrift spricht, das Gedächtnis gemeint ist. Ich glaube, daß ein endgültiges Vergessen dem menschlichen Geiste nicht möglich ist. Tausend Umstände mögen und werden sich wie ein Schleier zwischen das gegenwärtige Geschehen und die geheimen Inschriften in unserem Gedächtnisse legen; Umstände derselben Art werden schließlich einmal den Schleier zerreißen. Aber gleichgültig, ob verschleiert oder unverschleiert, die Inschrift bleibt für immer, geradeso wie die Sterne sich vor dem Tageslichte zurückzuziehen scheinen, während wir doch alle wissen, daß es das Licht ist, das wie ein Schleier über sie gezogen ist, und daß sie darauf warten, enthüllt zu werden, wenn das verbergende Tageslicht wieder hinweggezogen ist.

Nachdem ich so die vier Punkte hervorgehoben habe, die meine Träume von denen gesunder Tage unterschieden, will ich nun einen illustrativen Fall der ersten Art beschreiben, und danach einige andere, deren ich mich erinnere, entweder in der chronologischen Reihenfolge oder in einer Reihenfolge, die sie dem Leser als Bilder eindrucksvoller macht.

In meiner Jugend, und auch später noch, habe ich fleißig Livius gelesen, dem ich der Form wie des Inhaltes wegen vor jedem anderen römischen Schriftsteller den Vorzug gebe. Oft hatte ich als geradezu feierliche und erschreckende Klänge, die die Majestät des römischen Volkes am besten auszudrücken vermögen, die beiden Worte empfunden, die im Livius so oft wiederkehren, besonders dann, wenn der Konsul in seiner militärischen Eigenschaft bezeichnet werden soll: »Consul Romanus.« Ich glaube sagen zu dürfen, daß alle anderen Bezeichnungen, wie »König«, »Sultan«, »Regent« oder andere Titel, die in den bezeichneten Personen die Kollektivmajestät eines großen Volkes versinnbildlichen, weniger Macht über meine Untertanengefühle hatten. Obwohl ich kein ausgesprochener Geschichtsliebhaber bin, hatte ich mich doch mit einer Periode der englischen Geschichte, der des Parlamentskrieges, sehr weitgehend beschäftigt, weil mich die moralische Größe einiger Menschen dieser Zeit und manche interessante Memoiren, die diese unruhigen Zeiten überlebt haben, anzogen. Beide Lektüren haben, nachdem sie mir in früheren Zeiten oft Stoff zum Nachdenken gegeben haben, mir später Stoff für meine Träume geliefert. Oftmals sah ich, nachdem ich im Wachzustande auf der tiefen Dunkelheit eine Art Probe abgehalten hatte, eine Anzahl Damen, oder vielleicht ein Fest oder Tänze, und dann hörte ich jemand sagen oder sagte es selber: »Das sind englische Damen der unglückseligen Zeit Karls I. – Das sind die Gattinnen und Töchter seiner Hofgesellschaft, die friedlich zusammenlebten, am selben Tische speisten und durch Heirat oder Blut verbunden waren. Und dann, nach einem gewissen Tage im Jahre 1642, lächelte niemand mehr dem anderen zu oder traf ihn anderswo als auf dem Schlachtfelde. Und bei Marston Moore, bei Newbury, bei Naseby wurden alle Bande der Liebe durch das grausame Schwert zerschnitten und das Andenken alter Freundschaft mit Blut hinweggeschwemmt.« Die Damen tanzten und sahen so lieblich aus wie der Hof Georgs IV., aber – ich wußte selbst in meinem Traum, daß sie seit mehr als zweihundert Jahren im Grabe gelegen hatten. Plötzlich löste sich dieses Schaugepränge auf, und ich hörte während eines Händeklatschens den herzerbebenden Ruf: »Consul Romanus«, und unmittelbar darauf kamen, »schnell vorübermarschierend« in prachtvollen Gewändern, Paulus oder Marius, rings umgeben von einer Schar Zenturionen, die die rötliche Tunika auf einen Speer aufgehißt trugen und von der Menge der römischen Legionen gefolgt waren.

Viele Jahre zuvor, als ich Piranesis »Römische Altertümer« ansah, beschrieb mir Mr. Coleridge, der danebenstand, eine Folge von Stichen desselben Künstlers, die »Träume« betitelt waren, die seine eigenen Visionen während eines Fieberanfalles wiedergaben. Einige davon – ich beschreibe sie nach Mr. Coleridges Bericht – zeigten weite gotische Hallen, in denen allerlei Maschinen, Räder, Kabel, Rollen, Hebel, Geschosse und ähnliche Gegenstände, die ungeheure Kräfte und Widerstände versinnbildlichten, auf dem Boden aufgestellt waren. An den Wänden zog sich eine Treppe empor, auf der, sich hinaufschleppend, man Piranesi selbst sah. Folgte man der Treppe, so nahm sie plötzlich ein Ende und brach ohne Geländer ab. Sie erlaubte dem, der dieses Ende erreicht hatte, keinen Schritt mehr vorwärts, ausgenommen den in die Tiefe unter ihm. Wie immer es dem armen Piranesi ergangen sein mag, ist zu vermuten, daß seine Anstrengungen irgendwie hier enden mußten. Aber – sieh in die Höhe, und du erblickst eine zweite Flucht von Stufen, noch höher, und du erblickst wieder den armen Piranesi emporklimmend, und dieses Mal ganz nahe am Abgrunde stehend. Noch höher, und eine noch luftigere Treppenflucht ist zu bemerken, und wieder quält sich Piranesi hinauf, und so immer weiter, bis die unendliche Treppe und Piranesi sich in der Finsternis der weiten Halle verlieren. Dieselbe Kraft endlosen Wachstums und endlosen Emportreibens und Sichselbstschauens zeigte die Architektur in meinen Träumen. Im Anfang meiner Krankheit war die Pracht meiner Träume hauptsächlich architektonischer Natur. Ich erschaute pomphafte Städte und Paläste, wie ich sie wachen Auges nie gesehen, es sei denn in den Wolken. Ein Dichter unserer Zeit singt von dem erhabenen Bild: »Türme, die auf unruhvoller Stirn viele Myriaden Sterne tragen« –

das könnte er aus meinen Träumen abgeschrieben haben. Man hat von Dryden und von Fuseli erzählt, daß sie rohes Fleisch aßen, um prachtvolle Träume hervorzurufen. Wieviel besser wäre es für solchen Zweck gewesen, Opium zu benutzen – und doch erinnere ich mich nicht, daß irgendein Dichter das getan, außer dem Dramatiker Shadwell; im Altertum hat man – glaube ich, mit Recht behauptet, daß Homer die Tugenden des Opiums gekannt habe.

Meinen architektonischen folgten Träume von Seen und silbrigen Wasserflächen. Die kehrten immer wieder, so daß ich schließlich fürchtete – so albern das auch vielleicht einem Mediziner klingen mag –, daß sich hier ein wässeriger Zustand oder Übergang meines Gehirns – um einen metaphysischen Ausdruck zu brauchen – »objektiviere«, und daß sich das erkrankte Organ als sein eigenes Objekt projiziere. Zwei Monate hindurch war mein Kopf sehr angegriffen; der Teil meiner körperlichen Struktur, der bisher jedem Schwächeanfall (physisch, meine ich natürlich!) widerstanden hatte, so daß ich, wie Lord Oxford von seinem Magen zu sagen pflegte, behauptete: »Er werde wahrscheinlich seine übrige Persönlichkeit um ein beträchtliches überleben.« Bis dahin hatte ich selbst nie Kopfschmerzen gehabt oder ähnliche kleine Übel auch nur kennengelernt, ausgenommen die rheumatischen Schmerzen, die ich durch meine eigene Dummheit verursacht hatte. Jedoch ging dieser Anfall vorüber, obwohl er recht gefährlich hätte werden können.

Dann änderten die Wasser ihr Aussehen. Aus durchscheinenden Seen, die wie Spiegel aussahen, wurden Meere und Ozeane. Und nun kam ein furchtbarer Wechsel, der, sich langsam aufwickelnd gleich einer Rolle, durch manche Monate hindurch, einen zurückgehaltenen Sturm versprach. Und wirklich verließ mich diese Erscheinung erst beim völligen Ende meiner Erkrankung. Bis dahin hatte das menschliche Antlitz sich oft in meine Träume gemischt, ohne jedoch sich despotisch zu gebärden und ohne die Macht, mich zu quälen. Nun aber begann das, was ich »die Tyrannei des menschlichen Gesichts« nenne, sich zu entfalten. Vielleicht war mein einstiges Londoner Leben schuld daran. Sei es, wie immer es will, nun begann mir auf den sich auftürmenden Wassern des Ozeans das menschliche Gesicht zu erscheinen. Das Meer erschien wie gepflastert mit menschlichen Gesichtern, die zu den Himmeln aufschauten – flehenden, wutentbrannten, verzweifelten Gesichtern, die tausend, Myriaden

Jahre, Generationen, Jahrhunderte angeschwemmt haben mußten. Meine Erregung stieg ins unendliche; mein Geist tobte und schwoll mit dem Ozean.

Mai 1818.

Für Monate ist der Malaie ein furchtbarer Feind geworden. Durch seine Macht bin ich jede Nacht ins Innere Asiens entführt worden. Ich weiß nicht, ob sich andere in meine Gefühle zu versetzen vermögen. Aber oft habe ich gedacht, daß, müßte ich England verlassen und in chinesischer Landschaft nach chinesischer Weise unter Chinesen leben, ich verrückt werden müßte. Die Gründe dieses Entsetzens liegen tief, und einige muß ich auch mit anderen Menschen gemeinsam haben. Südasien ist im allgemeinen die Stätte furchtbarer Bilder und Gefühlsassoziationen. Als die Wiege der menschlichen Rasse würde es allein schon Gefühle dunkler Ehrfurcht hervorrufen. Aber es gibt noch andere Gründe. Kein Mensch wird behaupten, daß der wilde, barbarische, groteske Aberglaube Afrikas oder der wilden Stämme sonstwo jenes besondere Schaudern erregen, das ihm beim Gedanken an die alten, grandiosen, grausamen und erhabenen Religionen Hindostans beikommt. Das bloße Alter asiatischer Dinge, Institutionen, Geschichte, Moden oder Bekenntnisse ist so eindrucksvoll, daß bei mir das ungeheure Alter der Rasse und der Namen den Sinn für die Jugend des Einzelindividuums völlig ertötet. Ein junger Chinese scheint für mich ein wiedererstandener antediluvianischer Mensch zu sein. Niemand kann sich, glaube ich, eines Grauens erwehren, wenn er an die mystische Erhabenheit von Kasten denkt, die sich ganz rein gehalten haben und jede Mischung ablehnten – während unvorstellbar langer Zeiträume. Niemand kann die Namen des Ganges und des Euphrat ohne Schauder nennen hören. Und diese Gefühle werden noch durch die Tatsache verstärkt, daß das südliche Asien Tausende von Jahren hindurch der bevölkertste Teil der Erde, die »*Officina Gentium*«, gewesen ist. Der einzelne Mann ist nicht mehr als ein Unkraut in solchen Ländern. Die ungeheuren Reiche, in die sich die asiatische Menschheit teilte, geben unseren Gefühlen für orientalische Namen und Bilder noch höhere Erhabenheit. In China – abgesehen von dem, was es mit allen Ländern des südlichen Asiens gemeinsam hat – erschrecken mich die

Art der Lebensführung, die Sitten und diese Schranke äußersten Abscheus, die zwischen uns und Chinesen durch Gefühle aufgerichtet ist, die so tief liegen, daß sie keiner Analyse mehr zugänglich sind. Lieber wollte ich mit Mondsüchtigen oder unvernünftigen Tieren zusammenleben.

All das und mehr, als ich sagen kann oder zu sagen Zeit habe, muß der Leser begreifen, ehe er sich den unbeschreiblichen Schreck vorzustellen vermag, den diese orientalischen Vorstellungen und mythologischen Qualen auf mich ausübten. – Unter dem verbindenden Eindrucke tropischer Hitze und senkrecht herabbrennender Sonnenstrahlen brachte ich alle Kreaturen zustande: Vögel, wilde Tiere, Reptile, alle Bäume und Pflanzen, Gebräuche und Erscheinungen, die in den verschiedenen tropischen Gegenden zu finden sind, und versammelte sie alle in China und Hindostan. Aus verwandten Gefühlen kam bald Ägypten mit all seinen Göttern und Satzungen unter dasselbe Gesetz. Ich wurde angestarrt, angegrinst, angefaucht, angeschnattert von Affen, Papageien, Kakadus. Ich stürzte in Pagoden und wurde jahrhundertelang entweder auf die Spitze gespießt oder in Geheimgemächern festgehalten; ich war Priester, Götze, Heiliger; vor Brahmas Zorn floh ich durch alle Wälder Asiens; Vishnu haßte mich; Shiva lauerte mir auf; plötzlich kam ich auf Isis und Osiris; ich hätte eine Tat vollführt, sagten sie, vor der der Ibis und das Krokodil erschauerten, ich wurde für tausend Jahre in einer Steinkiste begraben, zusammen mit Mumien und Sphinxen, in engen Kammern, die im Herzen ewiger Pyramiden lagen. Mit giftigen Küssen küßten mich Krokodile; ich lag zwischen unaussprechlich häßlichen Geschöpfen irgendwo in Schilf und Nilschlamm.

Damit gebe ich dem Leser nur eine blasse Abstraktion meiner orientalischen Träume, die mich stets mit solchem Staunen über die monströsen Bilder erfüllten, daß mein Schreck zeitweise in reine Verwunderung überging. Früher oder später trat dann eine Gegenströmung auf, die die Verwunderung hinwegriß und mich weniger in einem Zustande des Entsetzens als in einem solchen des Hasses und des Widerwillens über das, was ich gesehen hatte, zurückließ. Über jeder Form, jeder Drohung und Strafe, jeder Einkerkerung in schwarze Finsternis brütete eine Empfindung von Ewigkeit und Unendlichkeit, die mich in eine wahnsinngleiche, niederdrückende Stimmung versetzte. In diesen Träumen aber, mit ein oder zwei

Ausnahmen, geschah es, daß physische Qualen für mich eintraten. In allen früheren hatte es nur moralische und geistige Schrecknisse gegeben. Jetzt aber bestanden die Haupterscheinungen aus häßlichen Vögeln, Schlangen, Krokodilen. Diese Krokodile, diese verfluchten Bestien, wurden für mich die Quelle von mehr Schrecknissen als alle übrigen zusammen. Ich war gezwungen, mit solchem Tier zusammenzuleben, und – wie das meist in meinen Träumen war – für Jahrhunderte. Manchmal entfloh ich, und dann fand ich mich in einem Chinesenhause mit Bambusmöbeln wieder. Alle Tischbeine und Sofafüße fingen dann plötzlich an zu leben; der scheußliche Krokodilkopf sah mich mit seinen schielenden Augen in tausendfacher Wiederholung an – und ich stand gebannt und vom Ekel erfüllt. So oft spukte dieses ekle Tier in meinen Träumen, daß manchmal derselbe Traum auf dieselbe Weise unterbrochen wurde: Ich hörte freundliche Stimmen zu mir reden – denn ich höre alles, was um mich vorgeht, wenn ich schlafe –, und dann erwachte ich. Es war bereits Mittag, und meine Kinder standen an meinem Bett, Hand in Hand, um mir ihre farbigen Schuhe und neuen Kleider zu zeigen, ehe sie spazierengingen. So gewaltig war der Übergang von dem Krokodil oder anderen unausdenkbar scheußlichen Ungeheuern und Ausgeburten meiner Träume zum Anblicke der unschuldigen menschlichen Wesen, daß mein gewaltig erschüttertes Gemüt sich nicht mehr zu halten vermochte, und ich weinte, wenn ich die kleinen Gesichter küßte.

Juni 1819.

Zu verschiedenen Zeiten meines Lebens habe ich Gelegenheit gehabt, zu beobachten, daß der Tod geliebter Wesen, oder selbst ganz allgemeine Todesbetrachtungen, im Sommer angreifender sind als zu jeglicher anderen Jahreszeit. Dafür gibt es drei Gründe: Erstens, daß der sichtbare Himmel im Sommer höher, entfernter und – wenn ein solch feierlicher Ausdruck hier am Platze ist – unendlicher erscheint. Die Wolken, an denen unser Auge die Entfernung des blauen Zeltes über unseren Häuptern am ehesten ermißt, sind im Sommer umfangreicher, massiger, gehäufter, zu größeren, gewaltigeren Turmpfeilern aufgebäumt. Zweitens sind das Licht und die sinkende und untergehende Sonne deutlichere Symbole der Unendlichkeit, und drittens zwingt die üppige und schwelgerische Fruchtbarkeit des Lebens das Gemüt, den Tod und die winterliche Unfruchtbarkeit des Grabes schmerzlicher als Gegensatz zu empfinden. Denn ich möchte ganz allgemein bemerken, daß, wo immer zwei Gedanken durch das Gesetz des Gegensatzes miteinander verbunden, vorhanden sind, sie einander, als wären sie durch gegenseitige Abstoßung verstärkt, wieder hervorzurufen scheinen. Deshalb erscheint es mir unmöglich, Todesgedanken zu bannen, wenn ich allein durch die endlosen Sommertage wandere. Wenn ein Todesfall mich in solcher Zeit auch nicht mehr ergreift als zu anderer, nimmt er doch meine Gedanken anhaltender und ausschließlicher in Beschlag. Dieser Umstand und ein anderer, den ich nicht für erwähnenswert halte, mag wohl die unmittelbare Ursache für den folgenden Traum, zu dem eine Neigung allerdings bereits lange in meinem Unterbewußtsein geschlummert haben mag, gewesen sein. Nachdem er aber einmal sich entwickelt hatte, wollte er mich nicht wieder verlassen, teilte sich in tausend phantastische Spielarten, die sich oft wieder vereinten und zum ursprünglichen Haupttraume zusammensetzten.

Es schien ein Sonntagmorgen im Mai, vielleicht der Ostersonntag zu sein, und es war noch sehr früh am Tage. Ich glaubte an der Tür meines eigenen Hauses zu stehen. Zur Rechten lag die Landschaft, die ich von dort aus wirklich zu sehen vermochte, aber durch die Macht des Traumes ausgedehnter und feierlicher als gewöhnlich. Da waren dieselben Berge und dasselbe liebliche Tal zu ihren Füßen; aber die Berge waren höher als Alpengipfel gewachsen, und die Wiesen und Wälder zwischen ihnen lagen viel weiter auseinander als gewöhnlich. Die Hecken waren mit weißen Rosen übergossen. Keine lebende Kreatur war zu sehen. Nur drüben auf dem Friedhofe lagen ruhig Kühe auf den grünen Gräbern, und besonders lagen sie rund um das Grab eines Kindes, das ich besonders liebgehabt hatte – geradeso, wie ich sie einmal, kurz vor Sonnenaufgang im selben Sommer, in dem das Kind starb, liegen gesehen hatte. Ich sah das wohlbekannte Bild an und sagte laut zu mir: »Es fehlt noch viel zum Sonnenaufgang, und es ist Ostersonntag. Das ist der Tag, an dem man die Erstlinge der Wiederauferstandenen feiert. Ich will fortgehen, und alter Schmerz soll heute vergessen sein. Denn die Luft geht kühl und sanft, und die Hügel sind hoch und zum Himmel gewachsen. Die Durchschläge im Walde sind still wie der Kirchhof, und mit dem Tau kann ich mir das Fieber von der Stirn waschen – dann werde ich nicht mehr unglücklich sein.« Ich wandte mich um, als wollte ich meine Gartentür öffnen. Da sah ich auf der Linken eine gar verschiedene Szenerie, die aber dieses Mal die Macht der Träume in Harmonie mit der anderen gebracht hatte. Es war eine orientalische Landschaft, auch hier Ostersonntag und sehr früh am Morgen. In unendlicher Entfernung wurden die Türme und Kuppeln einer großen Stadt – wie Flecken am Horizont – sichtbar. Es war ein Bild, ein schwacher Widerschein einer Abbildung der Stadt Jerusalem, die ich in meiner Jugend einmal gesehen hatte. Und nicht einen Pfeilschuß von mir entfernt, auf einem Steine sitzend, von den Palmen Judäas beschattet, saß eine Frau; als ich genauer hinsah, war es – Ann! Sie sah mich ernsthaft an, und schließlich sagte ich zu ihr: »So habe ich dich schließlich doch gefunden!« Ich wartete, aber sie antwortete mit keinem Worte. Ihr Gesicht war dasselbe wie damals, als ich sie zum letzten Male gesehen, und doch, wie verschieden davon! Vor siebzehn Jahren, als der Lampenschimmer über ihr Gesicht fiel, als ich zum letzten Male ihre Lippen küßte – Lippen, Ann! – die mir nicht entweiht waren! – strömten ihre Augen von Tränen über. Nun waren die Tränen weggewischt; sie schien mir noch schöner als damals; sonst war sie noch ganz dieselbe und auch nicht älter geworden. Ihre Blicke waren ruhig, aber mit einer eigenen Feierlichkeit im Ausdruck. Unablässig und von einer gewissen Furcht ergriffen blickte ich nach ihr. Aber plötzlich wurden diese Blicke trübe, und als ich mich nach den Bergen umwandte, sah ich dichte Dämpfe zwischen uns niederfallen. In einem Augenblicke war alles verschwunden. Dichte Finsternis zog herauf, und einen Augenblick später war ich weit fort von den Bergen, in der lampenbeschienenen Oxfordstreet, ging mit Ann auf und nieder – geradeso, wie wir siebzehn Jahre früher immer auf und nieder gingen, als wir noch Kinder waren. – Zum Schluß will ich noch einen Traum ganz anderen Charakters aus dem Jahre 1820 erzählen:

Der Traum begann mit einer Musik, wie ich sie seitdem in meinen Träumen oft gehört habe, einer Musik, die Vorbereitung und bange Erwartung auszudrücken schien, einer Musik wie der des Auftakts des »Krönungsanathems«, und wie jenes löste sie das Gefühl eines unendlichen Vorübermarsches von Reitertruppen, der Parade eines zahllosen Heeres aus. Der Morgen eines gewaltigen Tages war erschienen, eines Tages der Entscheidung und letzten Hoffnung für die Menschheit, die im geheimnisvollen Kreislaufe litt und ihr Werk im Angesichte ungeheuerlicher Schrecknisse weiter tat. Irgendwo und wie – weder das Wo noch das Wie hätte ich zu beantworten vermocht – fochten irgendwelche Wesen – auch wer wußte ich nicht – einen Kampf; eine letzte Todesangst wurde erduldet, die sich aus einem großen Drama zu einer bewegten Musik herausarbeitete. Mein Mitleiden wurde grenzenlos unerträglich; vielleicht deshalb, weil ich von nichts etwas wußte, nichts über Zeit und Ursache, nichts über Ausführung und Ausgang. Ich – wie das gewöhnlich so in Träumen ist, in denen wir notwendigerweise den Mittelpunkt des Geschehens bilden – besaß die Macht und besaß sie doch nicht, die Entscheidung herbeizuführen. Ich besaß die Macht, wenn ich mich zusammenzureißen vermochte, es zu wollen, und ich besaß sie doch nicht, denn die Last eines Atlas preßte auf mich oder der Alp unsühnbarer Schuld. Tiefer, als je ein Senkblei reichte, lag ich zur Untätigkeit verdammt. Dann, wie ein Chor, vertiefte sich die Leidenschaft – größeres Interesse, mächtigere Sache, als je das Schwert erfochten oder für die je eine Posaune erschallt, stand auf dem Spiele. Plötzlich – Alarm! – ein Hin- und Herhetzen. Zahllos zitternde Flüchtlinge. Wohin sie gehörten, ob zur guten, ob zur schlechten Sache, ich wußte es nicht. Dann Finsternis und Licht. Sturm und menschliche Gesichte, und ganz zuletzt, mit dem Wissen, daß nun alles verloren, weibliche Gestalten und die Züge, die mir über alles in der Welt teuer waren. Und dann – gerungene Hände, herzzerbrechender Abschied – ewig-letztes Lebewohl! Und mit einem Seufzer, wie ihn die Schlünde der Hölle seufzten, als die blutschänderische Mutter den verabscheuten Namen des Todes aussprach, wurde mir der Klang zurückgeworfen – ewig-letztes Lebewohl! und wieder und immer wieder zurückgeworfen – »Ewig-letztes Lebewohl!«

Und ich erwachte voll Schauders und schrie laut: »Ich will nie mehr schlafen!«

Und nun muß ich meinen Bericht schließen, weil er sonst zu unmäßigem Umfange anschwellen würde. Bei größerem Raum hätte ich mein Material besser ausbreiten können, und manches, was ich nicht erzählt habe, hätte gut und gern noch berichtet werden können. Indes, ich glaube, das, was ich erzählte, reicht aus. Nur darüber, wie diese Verschlingung von Schrecken zur Krisis gebracht wurde, bleibt noch etwas zu sagen. Der Leser weiß bereits, daß der Opiumesser die verfluchte Kette, die ihn fesselte, gesprengt hat. Wie er das tat? – Das nach meinem ursprünglichen Vorsatz zu erzählen, würde die mir gesetzten Grenzen weit überschritten haben. Doch ist es ganz gut, daß ich einen solchen Grund zur Abkürzung habe, denn das Interesse des Lesers beschäftigt sich nicht so sehr mit der Wirkung des Opiums als mit seinen Zauberkräften. Nicht der Opiumesser, sondern das Opium ist der wahre Held dieser Geschichte und der Mittelpunkt, um den sich alles Interesse dreht. Mein Gegenstand war, die merkwürdigen Wirkungen des Opiums zu zeigen, gleichgültig, ob sie Freude oder Pein erregen. Nachdem das geschehen ist, ist das Spiel zu Ende.

Da indes einige Leute darauf bestehen, zu erfahren, was aus dem Opiumesser geworden ist und in welchem Zustande er sich jetzt befindet, antworte ich so: Der Leser weiß bereits, daß seit langem das Opium aufgehört hatte, durch die Erregung von herrlichen Genüssen seine Macht auszuüben. Nur durch die Qualen, die mir die Versuche, mich seiner zu enthalten, einbrachten, hielt es seine Herrschaft über mich aufrecht. Da aber andere Qualen sich einstellten, so schlimm, als sie irgend vorstellbar sind, wenn ich mich von dem Tyrannen abzuwenden versuchte, blieb nur die Wahl zwischen zwei Übeln. Ich hätte wohl das wählen können, das schließlich einmal eine Genesung ermöglichte, so schrecklich es auch an sich ist. Das ist richtig. Aber die Logik gibt noch nicht immer die Kraft, auch nach ihr zu handeln. Indes trat in meinem Leben ein Wendepunkt ein, ein Wendepunkt auch in bezug auf Dinge, die mir teurer waren als das Leben und das auch immer bleiben werden. Ich sah ein, daß ich sterben müsse, wenn ich fortfuhr, Opium zu nehmen. Da entschloß ich mich, wenn es nötig sein sollte, zu sterben, indem ich es fahren ließ. – Wieviel ich damals nahm, weiß ich nicht. Das Opium, das ich brauchte, hatte mir ein Freund gekauft, der später seine Auslagen nicht wiedererstattet haben wollte. Deshalb konnte ich nicht feststellen, wie groß das Quantum war, das ich innerhalb eines Jahres verbraucht hatte. Ich kann nur sagen, daß ich es sehr unregelmäßig nahm, und daß die tägliche Dosis zwischen fünfzig bis sechzig und hundertundfünfzig Gran lag. Mein erster Versuch war, es auf vierzig, dann auf dreißig und schließlich, so schnell es gehen wollte, auf zwölf Gran herabzusetzen.

Ich triumphierte. – Aber, lieber Leser, glaube nicht, daß damit meine Leiden beendet waren, aber noch weniger stelle dir vor, daß ich in einen Zustand der Niedergeschlagenheit geriet. Vielmehr denke an mich, als an einen, der bereits vier Monate später sich noch in Schmerzen wand, angstvoll klopfenden Herzens, zitternd und zerschlagen, völlig wie ein Gefolterter, den ich aus den Schilderungen kenne, die uns der unschuldigste Märtyrer der Zeit James' I. hinterlassen, dahinlebte. Dabei erfuhr ich keinerlei Linderungen durch Medizin, ausgenommen durch eine, die mir ein ausgezeichneter Edinburger Arzt verschrieb: ammoniakhaltige Baldriantinktur. Viel medizinische Berichte über meine Befreiung habe ich also nicht zu geben. Selbst das wenige, das ein mit der Medizin so wenig vertrauter Mann wie ich zu geben vermöchte, könnte leicht Anlaß zu Mißverständnissen bieten. Die Moral meiner Geschichte wendet sich an den Opiumesser. Ihre Anwendung kann deshalb nur beschränkt sein. Wenn er zu fürchten und zu zittern lernt, habe ich genug erreicht. Vielleicht wird er sagen, daß mein Bericht ein Beweis dafür sei, daß man nach siebzehnjährigem Gebrauch und achtjährigem Mißbrauch seiner Kräfte auf das Opium verzichten könne, und daß er zu dieser Arbeit größere Energie besäße als ich, oder daß er mit seiner stärkeren Konstitution das gleiche Ergebnis mit geringerem Kraftaufwand erreichen könne. Das mag wahr sein. Ich möchte vermeiden, die Anstrengungen anderer Menschen an meinen eigenen zu messen. Herzlich wünsche ich jedem, daß er mehr Energie als ich haben möge. Ich wünsche ihm jedenfalls denselben Erfolg. Immerhin hatte ich äußere treibende Gründe, die unglücklicherweise ihm vielleicht fehlen. Diese Gründe gaben mir die Kraft, die allein das Interesse für die eigene Persönlichkeit einer vom Opium geschwächten Willenskraft nicht mitzuteilen vermag.

Jeremias Taylor sagt einmal, daß es ebenso peinvoll sein muß, geboren zu werden als zu sterben. Wahrscheinlich stimmt das. Während der ganzen Entwöhnungszeit vom Opium litt ich die Qualen eines Menschen, der aus einer Existenz in eine andere hinüberwechselt. Das Ergebnis war nicht der Tod, sondern eine Art physischer Regeneration. Ich darf hinzusetzen, daß ich seit der Zeit oft in einen Zustand jugendlich-glücklicher Ausgelassenheit geriet, und zwar unter dem Drucke von Schwierigkeiten, die ich in einem weniger glücklichen Zustande Unglücksfälle genannt haben würde.

Ein Andenken an meinen früheren Zustand ist mir geblieben: Meine Träume sind immer noch weit von vollkommener Ruhe entfernt. Die gewaltige Wucht des Sturmes, der über mich dahinfuhr, hat sich noch immer nicht ganz gelegt. Die Legionen, die meinen Schlaf durchwanderten, sind im Aufbruch begriffen, aber noch nicht alle abmarschiert. Mein Schlaf ist noch immer voll Aufruhrs. Ähnlich wie einst die Tore des Paradieses unseren ersten Eltern erschienen, als sie zurückblickten, sind – um mit Milton zu reden – auch meine Träume

»Von schrecklichen Gesichtern noch umdrängt,
und immer dräuen noch feurige Arme!«

Nachwort des Übersetzers

Sie haben ihn noch lange bedroht, und noch längst hatte der arme Kerl den Kelch des Leidens, den ihm die unselige Angewohnheit beschert hatte, nicht ausgekostet. Den Berichten, die der Leser nun kennt, die zum ersten Male im September und Oktober 1821 im »London Magazine« erschienen, ließ der Verfasser im Dezember 1822 einen Nachbericht folgen, der in seinen wesentlichen Teilen nichts Neues enthält. Ihn abzudrucken würde der Mühe nicht lohnen. – Der mißhandelte Magen wurde immer wieder rebellisch. Immer wieder verfiel Thomas de Quincey dem Opiumgenusse. Bald nahm er mehr, bald weniger. Gesund ist er während seines ganzen Lebens nicht mehr geworden. Immer wieder versuchte er sich einzureden, sein Leiden habe andere Ursachen als das Opium, machte immer wieder die Not der Jugenderlebnisse für das Unglück verantwortlich. Und – seltsamerweise – wurde er dabei vierundsiebzig Jahre alt.

Wer er war? – Am 15. August 1785 wurde er, wie er in diesem Buche berichtet, als Sohn eines Kaufmanns geboren. Der Vater, der lange in Indien gelebt hatte, starb früh, bereits in seinem neunundvierzigsten Jahre. Thomas war damals erst sieben Jahre alt. Zuerst besuchte er eine Schule in Salford, mit elf Jahren kam er auf die Bath Grammar School, dann nach Winkfield und schließlich auf die Manchester Grammar School, in der wir ihn antreffen. Die Vormünder hätten ihn gern dort gelassen, weil die Möglichkeit bestand, daß er sich für die Studienzeit ein Stipendium von 50 Pfund Sterling jährlich hätte erwerben können. Es war doch nicht reine Bosheit, wie der Mann noch glaubt, die ihn zurückhielt. Nach all dem Erleben, das er beschrieben, fand er zunächst im Hause eines seiner Onkel, eines Geistlichen in Chester, Aufnahme, um dann mit einem jährlichen Wechsel von 100 Pfund Sterling Worcester College in Oxford zu beziehen. Im Jahre 1804 traf er den Freund, der ihm Opium empfahl. Er war damals im zweiten Studienjahre. Im Jahre 1807 half er Coleridge aus seinen Geldnöten dadurch, daß er ihm von seinem kleinen Vermögen 300 Pfund Sterling vorschoß. In dieser Zeit erwarb er auch des berühmten Dichters Wordsworth Freundschaft; 1809 die von John Wilson. Erst als er 1813 sein kleines Vermögen verlor, warf er sich auf die Schriftstellerei. Er wurde Mitarbeiter der angesehensten Zeitschriften Englands. Schrieb für die »Quarterly Review«, die »Westmoreland Gazette«, »Blackwoods Magazine«, »The London Magazine«, in dem zuerst die »*Confessions*« erschienen. Später auch für »Tait's Edinburgh Magazine« und die berühmtesten seiner Arbeiten, die Essays über Shakespeare und Goethe, für die »*Encyclopaedia Britannica*«.

1816 hatte er sich mit Margaret Simpson verheiratet. Kinder wurden geboren. 1821 verlor er von neuem sein Vermögen. Er fand Hilfe bei seinen Freunden und Aufträge die Fülle. 1826 veröffentlichte er in »Blackwoods Magazine« eine Serie von Artikeln über deutsche Prosaisten. Durch diese und andere Arbeiten wurde er mehr und mehr nach Edinburg gezogen, und 1830 siedelte er mit seiner Familie endgültig dahin über. In all den Jahren war er leidend und fiel immer wieder in die Opiumsucht zurück. Aber anderer Kummer kam noch über ihn. Sein jüngster Sohn starb 1833, sein ältester zwei Jahre später. 1837 starb seine Gattin, und von diesem Zeitpunkte ab wurde der Opiumgenuß wieder regelmäßig bis zu seinem am 8. Dezember 1859 erfolgten Tode. 1855 erschienen seine gesammelten Werke. Die letzten Jahre nach dem Ableben seiner Gattin waren seine drei Töchter seine Hilfe. Zwei seiner Söhne waren Offiziere in der Armee, ein anderer studierte Medizin. Die älteste Tochter diente ihm als Sekretärin. – So fand er schließlich doch einen ruhigen und friedevollen Lebensabend.

Die »*Confessions of an english Opiumeater*« könnten den Eindruck erwecken, als sei de Quincey ein Vorläufer Edgar Allan Poes gewesen. Das ist im allgemeinen nicht der Fall. Dieser autobiographische Bericht steht ganz vereinzelt unter seinen übrigen rein literarisch-wissenschaftlichen Werken. Thomas de Quincey war ein Mann der systematischen Wissenschaft. Das kommt selbst in diesem Werke, in dem er immer wieder zu systematisieren versucht, zum Ausdruck. Immer wieder stoßen wir auf ein »erstens ... zweitens ... drittens«. So gibt das Gesamturteil über den Mann die Gewißheit, daß auch der »Opiumeater« ein Werk ist, das aus wissenschaftlichen Beweggründen, nicht wegen der zufällig mit dem Stoffe und dem Autor verbundenen Sensation geschrieben wurde. Ob freilich das Urteil, das der Verfasser ausspricht, immer ganz richtig sein mag, steht in Frage. Vielleicht war er doch etwas zu sehr abhängig von der in Rede stehenden Materie, so daß ein ganz objektives Urteil ihm doch nicht möglich gewesen ist. Wahrscheinlich stand neben dem wissenschaftlichen Interesse auch das der Selbstverteidigung bei der Abfassung dieses Buches Gevatter. Wie aber immer die Beweggründe gewesen sein mögen: nicht abstreiten läßt sich, daß gerade dieses Buch Weltruf erhielt, und daß kein Literarhistoriker es wagen darf, trotz des in sich prekären Stoffes, an diesem Buche ohne weiteres vorüberzugehen.

Die vorliegende Übersetzung ist an einigen Stellen, die etwas weitschweifig erschienen, um ein weniges gekürzt. Sonst hat sie sich bemüht, dem Verfasser gerecht zu werden.

Dr. Leopold Heinemann.

Erzählungen der Frühromantik

1799 schreibt Novalis seinen Heinrich von Ofterdingen und schafft mit der blauen Blume, nach der der Jüngling sich sehnt, das Symbol einer der wirkungsmächtigsten Epochen unseres Kulturkreises. Ricarda Huch wird dazu viel später bemerken: »Die blaue Blume ist aber das, was jeder sucht, ohne es selbst zu wissen, nenne man es nun Gott, Ewigkeit oder Liebe.«

Tieck Peter Lebrecht **Günderrode** Geschichte eines Braminen **Novalis** Heinrich von Ofterdingen **Schlegel** Lucinde **Jean Paul** Des Luftschiffers Giannozzo Seebuch **Novalis** Die Lehrlinge zu Sais
ISBN 978-3-8430-1878-4, 416 Seiten, 29,80 €

Erzählungen der Hochromantik

Zwischen 1804 und 1815 ist Heidelberg das intellektuelle Zentrum einer Bewegung, die sich von dort aus in der Welt verbreitet. Individuelles Erleben von Idylle und Harmonie, die Innerlichkeit der Seele sind die zentralen Themen der Hochromantik als Gegenbewegung zur von der Antike inspirierten Klassik und der vernunftgetriebenen Aufklärung.

Chamisso Adelberts Fabel **Jean Paul** Des Feldpredigers Schmelzle Reise nach Flätz **Brentano** Aus der Chronika eines fahrenden Schülers **Motte Fouqué** Undine **Arnim** Isabella von Ägypten **Chamisso** Peter Schlemihls wundersame Geschichte **Hoffmann** Der Sandmann **Hoffmann** Der goldne Topf
ISBN 978-3-8430-1879-1, 408 Seiten, 29,80 €

Erzählungen der Spätromantik

Im nach dem Wiener Kongress neugeordneten Europa entsteht seit 1815 große Literatur der Sehnsucht und der Melancholie. Die Schattenseiten der menschlichen Seele, Leidenschaft und die Hinwendung zum Religiösen sind die Themen der Spätromantik.

Brentano Die drei Nüsse **Brentano** Geschichte vom braven Kasperl und dem schönen Annerl **Hoffmann** Das steinerne Herz **Eichendorff** Das Marmorbild **Arnim** Die Majoratsherren **Hoffmann** Das Fräulein von Scuderi **Tieck** Die Gemälde **Hauff** Phantasien im Bremer Ratskeller **Hauff** Jud Süss **Eichendorff** Viel Lärmen um Nichts **Eichendorff** Die Glücksritter
ISBN 978-3-8430-1880-7, 440 Seiten, 29,80 €